BOSS DANGEREUX

FRÈRES BRATVA LIVRE 5

WILLOW FOX

SLOWBURN
PUBLISHING

Boss Dangereux

Frères Bratva Livre 5

Willow Fox

Publié par Slow Burn Publishing

© 2022

v2

Traduction par sarahlrnt

Relecture par marie_frcy

Cover Design by MiblArt

Tous droits réservés.

UN

SADIE

Pan ! Un coup de feu résonne dans la forêt. C'est au loin. Les arbres se dressent au-dessus de moi, la lumière du soleil étant bloquée par le fourré de feuilles.

Je devrais courir dans la direction opposée et m'éloigner le plus possible de la situation dangereuse qui se présente, mais il n'y a qu'un seul sentier, et faire demi-tour signifie que je vais devoir marcher encore quinze kilomètres.

Je suis presque de retour à ma voiture.

Plus que trois kilomètres.

Ma sœur m'a toujours dit de ne pas faire de randonnée seule. Elle m'a prévenu que des hommes dangereux dans les bois aimaient enlever des femmes et étaient impliqués dans des réseaux de trafic d'êtres humains.

Ne jamais partir en randonnée seule.

Elle a toujours été un peu surprotectrice. Je ne lui en veux pas d'avoir peur. Elle a eu une mauvaise expérience à l'université, a abandonné, et a déménagé chez maman et papa.

Mais nous n'avons rien en commun.

Un deuxième coup de feu retentit, pas tout à fait en succession. Comme s'il y avait eu une lutte. Je peux évoquer une douzaine de scénarios différents dans ma tête.

Les pneus crissent, la poussière s'envole et le véhicule s'éloigne à toute vitesse.

Je sors du sentier battu en trottinant vers l'endroit où les coups de feu ont éclaté quelques instants plus tôt. Le véhicule a disparu. Le danger ne doit plus être imminent non plus.

Je ne connais pas l'endroit exact. Les arbres se ressemblent tous. Je ne suis pas sûre de ce que je cherche quand je tombe sur son corps chaud et sans vie.

Son teint est pâle et du sang coule de son front. Il y a une blessure par balle fraîche sur sa tempe. Celui qui a tiré sur lui l'a laissé pour mort.

Je me mets à genoux, à la recherche d'un pouls. Il est faible, et la sueur perle sur sa peau de porcelaine, mélangée au sang.

Je prends mon téléphone portable dans ma poche, je compose le 911 et donne ma position du mieux que je peux, avec ce que je sais, c'est-à-dire pas grand-chose.

— Dépêchez-vous !

L'opératrice du 911 ne me fait pas raccrocher. Elle me garde en ligne.

— Est-ce qu'il respire ?

Je me penche et je sens un léger souffle s'échapper de ses poumons.

— A peine. Son pouls est vraiment lent.

— Les secours sont en route. Ils devraient bientôt être là.

Je mets le téléphone sur haut-parleur et fouille les poches du mourant, à la recherche d'une pièce d'identité. Il n'a pas de portefeuille sur lui. Pas de clés. Pas de téléphone.

Quelqu'un l'avait-il conduit ici pour le tuer et jeter son corps ?

Des tatouages couvrent ses bras. Sa barbe est épaisse et correspond à ses cheveux. Il y a une rudesse, même inconscient, dont il se fait l'écho.

— Qui êtes-vous ? chuchoté-je.

Il ne répond pas.

Les ambulanciers arrivent, et lorsqu'ils nous trouvent dans la forêt, hors des sentiers battus, je ne suis pas sûre que le bel inconnu soit encore en vie. Je lutte pour trouver un pouls. Il est faible, mais il est là.

Je devrais m'éloigner, retourner à ma voiture, et ne plus jamais penser à lui.

Ce serait une décision intelligente.

Quelqu'un le veut mort. S'il survit, alors cela mettra un frein à leurs plans.

———

J'obtiens des ambulanciers le nom de l'hôpital et je me dépêche de retourner à ma voiture. Je les suis ou je rentre me changer ?

Allie passe le mois en colonie de vacances avec ses amis en tant que jeune animatrice, ce qui me laisse au moins le temps de démêler le désastre qui vient de se produire.

Je suis l'ambulance jusqu'à l'hôpital, même si je ne suis pas autorisée à entrer par le quai des ambulances ou les doubles portes. Je donne les informations dont je dispose à l'hôpital et on me dit d'attendre dans la salle d'attente. Je devrais rentrer à la maison et prendre une douche. Du sang est collé à mon jean et tache ma chemise.

Au moins, ce n'est pas mon sang.

Deux officiers de police parlent avec le réceptionniste avant de me pointer du doigt. Je serre les lèvres et inspire fortement à leur approche.

— Madame, vous étiez sur les lieux de la fusillade ? demande l'officier.

Je me lève, voulant être à leur niveau ou plus près pour répondre à leurs questions.

— J'ai entendu des coups de feu, dis-je.

Je ne suis pas à l'aise pour divulguer quoi que ce soit d'autre. Je ne sais pas ce qui s'est passé et je ne veux pas être mêlée à une guerre entre voleurs et hommes dangereux.

Il est dangereux. Je le sens et j'aurais dû fuir à la première occasion après avoir appelé le 911.

Je ne suis pas un monstre. Je ne laisserais pas un homme mourir comme celui qui se trouvait dans le véhicule. Je ne peux que supposer qu'il s'agissait d'un homme, à moins que ce ne soit une querelle d'amoureux qui se soit terminée par une tentative de meurtre.

— Vous avez vu quelque chose ? demande l'officier, sortant son bloc-notes et son stylo pour documenter mon récit.

— Non.

— Connaissez-vous le nom de l'homme qui a été abattu ?

Je secoue la tête.

— Non. Je ne l'avais jamais vu avant aujourd'hui.

— Combien de coups de feu avez-vous entendu ?

— Deux.

Les deux officiers échangent un regard silencieux. Un seul a parlé pendant tout ce temps. L'autre semble plus jeune, comme s'il était une recrue en formation.

— Et vous n'avez pas vu d'autres victimes ou l'auteur du crime ?

— Quoi ? Non.

Quelqu'un d'autre avait-il été abattu ? Serait-ce le conducteur qui aurait laissé l'homme mourir ?

— Et un véhicule ? demande l'officier.

Il tapote le haut de son stylo sur son bloc-notes.

— Un SUV noir. Il était sombre et lointain. Il était peut-être bleu marine, expliqué-je, ne me souvenant pas si bien que ça.

Il note ça et me tend sa carte.

— Si vous pensez à autre chose.

Les deux agents retournent à l'accueil, disent quelque chose à la femme, puis les doubles portes s'ouvrent et ils sont autorisés à entrer à l'arrière.

Ont-ils l'intention d'interroger l'étranger dans la forêt ? Je doute qu'il soit capable de dire grand-chose, vu son état.

Je m'assieds à nouveau sur les chaises de la salle d'attente de l'hôpital, au revêtement rugueux. Il y a une télévision allumée ; le son est coupé, mais les sous-titres sont activés. Je peux à peine associer deux mots sur l'écran. Mon esprit est dans le brouillard.

Une heure plus tard, ou peut-être deux heures, le temps semble filer, un médecin sort derrière les doubles portes.

— Êtes-vous ici avec l'inconnu amené plus tôt ? demande-t-il en me regardant.

Le sang sur mes vêtements est un bon indicateur.

— Oui, dis-je.

Le médecin s'approche, et j'inspire fortement.

Est-ce une mauvaise nouvelle ?

Va-t-il me dire qu'il ne s'en est pas sorti ?

— Nous avons réussi à retirer la balle, mais vu le gonflement de son cerveau et sa fièvre, nous avons induit un coma. Nous allons continuer à surveiller ses signes vitaux et son activité cérébrale. Il n'est pas encore sorti d'affaire.

Le médecin grimace à sa remarque.

— Puis-je vous suggérer de rentrer chez vous et de prendre une douche si vous comptez rester dans le coin ? Nous ne saurons rien de plus avant un certain temps.

— Merci.

Je tiens compte de son conseil. Une fois qu'il a disparu par les doubles portes, je me dirige vers la sortie de l'hôpital et vers ma voiture dans le parking.

Pourquoi suis-je venu ici ? Qu'est-ce que j'espérais faire ?

Je ne peux pas changer ce qui s'est passé.

L'énergie de l'angoisse circule et reflue en moi. Je ne peux pas rester assise, et ma randonnée n'a rien fait pour me fatiguer. Ça doit être toute cette adrénaline supplémentaire.

Je rentre chez moi, traverse la ville, me déshabille et me douche. Du sang coule dans le drain. Je suis soulagée que ce ne soit pas le mien, mais je continue à voir son visage et le sang s'accumuler autour de sa tête.

Le bruit des pneus qui crissent résonne dans mon esprit.

Quelqu'un voulait le tuer. Mais qui ? Et pourquoi ? Je devrais rester loin de l'hôpital, de lui, mais je ne peux pas contrôler ma curiosité.

Le fait que ma fille, Allie, soit absente pour les prochaines semaines n'aide pas. A sa demande, je l'ai envoyée en camp d'été en tant que jeune monitrice. Tous ses amis seront moniteurs juniors cette année, et elle voulait sauter dans le train des volontaires et les suivre.

Et honnêtement, ça ne me dérange pas. C'est bien pour elle de sortir de l'appartement pour l'été. À treize ans, elle est trop jeune pour travailler, à part le baby-sitting occasionnel qu'elle obtient de la femme avec un enfant en bas de l'immeuble.

Je m'asperge avec le spray, laissant la puanteur et les preuves de ce à quoi j'ai été mêlée disparaître avec toute peur persistante. J'aime les séries policières. J'aime les films remplis de suspense. C'est le mystère ultime ; je ne peux pas rester assise et regarder depuis les coulisses.

Je veux des réponses. Et je ne vais pas les obtenir dans ma maison.

Après m'être douchée et habillée, je mange un morceau rapide avant de retourner à l'hôpital. J'ai l'après-midi de libre, et bien que j'aie quelques courses à faire et une maison à ranger, rien de tout cela ne semble important dans le grand schéma des choses.

Un homme a failli mourir aujourd'hui.

Il y a eu deux coups de feu.

Y a-t-il eu une lutte après le premier coup de feu ? Cela pourrait-il être la raison du délai entre les coups de feu ? Ou quelqu'un d'autre a-t-il été abattu également ? La police savait quelque chose, mais elle ne parlait pas.

Que s'est-il passé dans la forêt ?

———

Je me douche, je m'habille et je retourne à l'hôpital. Je me dirige vers sa chambre et me tiens dans le couloir, regardant à l'intérieur.

Il n'y a pas de fleurs. Pas d'invités ou de visiteurs à son chevet. Les stores des fenêtres sont ouverts, diffusant une chaude lumière ambrée dans la pièce. Les gros plafonniers fluorescents sont éteints.

Il ne revêt plus son costume incrusté de sang sur le col. Ses yeux sont fermés. Il est allongé, immobile, endormi dans une blouse d'hôpital vert pâle, une couverture blanche le recouvrant juste au-dessus de la taille.

Ses bras sont sur ses côtés. En dehors de la couverture, un de ses bras est relié à une perfusion. Les deux sont couverts de tatouages, des dizaines, avec des dessins complexes.

Des fils colorés sont glissés sous sa blouse d'hôpital, dépassent de ses manches et du haut de sa blouse et sont reliés à un moniteur.

Ils surveillent son rythme cardiaque et ses signes vitaux.

Il est silencieux, immobile. Il est endormi.

Le bracelet d'hôpital à son poignet gauche indique qu'il s'agit de John Doe.

Mon téléphone vibre, et je le prends dans mon sac. Un sourire effleure mes traits en voyant qu'Allie m'envoie un texto. Ne devrait-elle pas être occupée à faire du bricolage ou des activités aquatiques pour les enfants du camp ?

Maman, est-ce que tout va bien ? Pourquoi es-tu à l'hôpital ?

Je tire ma lèvre inférieure entre mes dents. J'ai une application de suivi sur mon téléphone qui me permet de voir où est ma fille. On l'a configuré pour que ça marche dans les deux sens, et elle peut aussi voir où je suis.

Ouais, je rends juste visite à un ami. Comment ça se passe au camp ?

· · ·

Quel ami ?

Elle évite de répondre à ma question.

Je t'en parlerai quand tu seras à la maison.

Il y a trop de choses à taper, et je ne veux pas l'inquiéter. Et puis, qu'est-ce que je pourrais bien lui dire, que je suis tombée sur un bel homme qui s'est fait tirer dessus et laissé pour mort ?

En soupirant, je ne veux pas admettre, même à moi-même, qu'il est beau. Parce que ce n'est pas un chemin que je suis prête à emprunter.

J'ai évité toute relation sérieuse avec un homme depuis la naissance d'Allie. L'idée de lui présenter quelqu'un me retourne l'estomac, et je ne veux pas qu'elle s'attache et ait le cœur brisé si ça ne marche pas.

Allie est et a toujours été ma priorité. Par-dessus tout, je veux qu'elle soit heureuse. Et même si elle est plus âgée maintenant et qu'elle n'est plus aussi présente, surtout cet été, me lancer dans une aventure estivale me semble être une mauvaise idée.

Une infirmière entre dans la chambre d'hôpital, vérifiant ses signes vitaux.

— Vous êtes de la famille ? demande-t-elle en me regardant.

Ses yeux sont remplis d'espoir.

Je gagne du temps. Si je dis non, ils ne me laisseront probablement pas rester. Et pourquoi devrais-je être ici ?

Mon silence est une réponse suffisante.

Elle soupire doucement et tapote sur le clavier, enregistrant ses signes vitaux.

— C'est bien qu'il ait au moins quelqu'un avec lui, dit l'infirmière en offrant un faible sourire.

Je détourne mon regard, jetant un coup d'œil à l'homme allongé dans son lit, endormi. Ses bras sont couverts d'encre et en haut, dépassant de derrière sa blouse, se trouve un tatouage d'étoile. Il est distinct. Audacieux. Inoubliable.

J'ai déjà vu cette étoile. L'image brûle dans ma mémoire. Ce doit être une coïncidence.

— *S'il te plaît, tata Sadie, supplie Olivia en poussant le casque de réalité virtuelle dans mes mains.*

— *Je préfère te regarder jouer.*

— *C'est ennuyeux.*

Allie roule les yeux.

— *Personne n'a envie de regarder quelqu'un d'autre jouer à un jeu vidéo, ajouta-t-elle.*

Allie n'a pas tort, mais je suis nulle en jeux vidéo. Ça fait des années que je ne me suis pas assis avec une Nintendo devant une télévision. Cela m'est étranger. Je prends le casque blanc et le place sur ma tête. Olivia arrive par derrière, serrant et ajustant les sangles.

— *C'est bon ? demande-t-elle.*

Le casque n'oscille plus de haut en bas. Il est bien fixé.

— *Oui. Qu'est-ce que je suis censée faire ?*

Elle me met les manettes dans les mains.

— *Clique sur Orc Hunter.*

Orc Hunter est son jeu préféré. Tirer sur des orcs, des dragons et d'autres créatures mythiques avec un arc et des flèches. Olivia a réussi à convaincre Allie de jouer aussi souvent que possible avec elle quand elles sont ensemble.

— Maman, on peut aussi avoir un casque ? Ce serait tellement amusant de jouer avec Olivia quand on n'est pas ensemble, dit Allie.

Je savais qu'elle ne me laissait pas seulement jouer parce que rester assise à regarder est ennuyeux. Les filles ont toujours un plan. Même enfants, elles ont essayé de me caser avec mon voisin de palier. C'était l'homme le plus proche de moi qui était célibataire. La seule chose qu'on avait en commun, on aimait tous les deux sortir avec des hommes.

Je clique sur la case de Orc Hunter et j'attends que le jeu se charge.

— Vous êtes sûres que vous ne voulez pas jouer ? demandé-je, en essayant de remettre le casque en gage à Olivia ou Allie.

Olivia glousse mais ne recule pas.

— Non, que toi. On peut regarder sur mon téléphone, comme ça je peux voir ce que tu fais quand tu joues.

Super, murmuré-je dans mon souffle.

Les filles vont pouvoir se moquer de moi.

— Clique sur Multi-joueurs, me dit Olivia en regardant depuis son téléphone.

— Sérieusement ?

Je n'ai même pas appris à jouer, et elle me jette avec d'autres personnes.

— Il faut bien que tu apprennes un jour, rigole Allie.

— Choisis juste une partie qui est ouverte, dit Olivia.

Elle joue à Orc Hunter depuis un moment.

Quatre parties sont ouvertes, et je saute dans une sur la vague 34. C'est la vague la plus basse que je vois, ce qui doit signifier un niveau facile.

Je me lance dans le jeu et il me faut quelques minutes pour m'habituer à tirer avec l'arc et les flèches. La manette vibre légèrement de tension lorsque je tire sur l'arc. Je vise et tire, mais je rate complètement ma cible.

Les orcs se dirigent vers la porte, de différentes couleurs, de l'orange vif, comme des Cheetos, aux gobelins gris au casque hérissé.

— Hey, Olive, dit une jeune voix féminine dans le casque.

— Allô ?

Je n'avais pas réalisé qu'il y avait un micro et que les autres joueurs pouvaient m'entendre !

— C'est ma tante qui joue, crie Olivia à proximité.

Elle est assez loin pour que je ne la percute pas, car je ne vois rien en dehors du casque, mais assez fort pour que l'autre joueuse l'entende.

Je tire sur un orc dans la poitrine.

— Pourquoi n'est-il pas mort ?

L'orc soulève la hache dans sa main et la lance sur ma tête.

— Baisse-toi ! crie Olivia.

Mais c'est trop tard.

Je grimace alors qu'un écran rouge m'avertit que je suis éliminée.

— Ce n'est pas grave. Tu reviendras lors de la prochaine manche, encourage Olivia alors que je reste là à regarder le tableau d'affichage.

Je suis nulle, mais ça pourrait être pire pour ma première fois.

Et je ne veux pas admettre que même jouer pendant quelques secondes était très amusant.

Un autre joueur saute dans la zone où je me tiens et me tire dessus avec une flèche.

— *Tu es de retour, dit-il.*

Il a un gros accent russe, et il est évident dans son ton que ce n'est pas un enfant.

— *Quoi ?*

Je suis momentanément abasourdie, incertaine de ce que je dois faire.

— *Tire sur les orcs, ordonne-t-il.*

Son nom d'utilisateur apparaît en petites lettres orange quand il parle : Bearded Bad Boy.

Intérieurement, je gémis. Bien sûr que c'est son pseudo. Sauf que "boy" ne décrit pas vraiment la voix que j'entends. Ça devrait être "man". Bearded Bad Man. Non, ça ne sonne pas tout à fait pareil.

— *Je m'en occupe.*

Je me tourne vers la porte où les orcs s'approchent et tend mon arc, tirant un coup après l'autre. Je ne vise pas mieux, mais je me baisse pour éviter la prochaine hache qui me sera lancée à la tête.

— Tu apprends vite, dit le garçon barbu.

J'ai presque envie de lui demander ce qui fait de lui un si mauvais garçon, mais Olivia est dans la pièce, et je n'ai pas besoin que notre brève conversation tourne au salace.

Mon Dieu, cela fait trop longtemps que je n'ai pas discuté avec un homme, et encore moins couché avec. Mes pensées sont bien trop impures. Peut-être qu'oublier le son de la voix d'un homme sexy et me concentrer sur la chasse aux créatures mythiques m'aidera.

Alors que nous abattons tous les orcs, la vague se termine, et vingt secondes plus tard, la prochaine vague commence. Il n'y a pas beaucoup de temps pour faire une pause.

— Merde, dis-je, en levant les yeux au ciel alors que plusieurs dragons verts volent dans le ciel.

Le Russe et la jeune fille qui semble connaître Olivia les abattent. Je pousse un soupir de soulagement en tirant sur les orcs qui arrivent et traversent le pont.

Chaque niveau devient plus complexe et plus intense.

— Tu n'es pas trop mauvaise pour une débutante, dit le Russe.

— Première fois, dis-je en riant.

Au moins, ils ne me demandent pas de partir pour qu'un autre joueur puisse entrer et jouer. Je ne me sentirais pas mal s'ils le faisaient. Je suis royalement nulle.

Le jeu est rapide, mais nous ne faisons pas long feu car un dragon rouge géant souffle le feu sur les autres joueurs, me laissant seule pour sauver la partie.

Et j'échoue de façon épique.

— Bien joué, dit le Russe.

J'appuie sur le bouton pour quitter et j'enlève le casque, mon sang bouillonne.

— Ta mère sait que tu joues à ce jeu avec des hommes adultes ?

Je n'arrive pas à croire que ma sœur ait la moindre idée de ce que sa fille fait en ligne.

Olivia se moque et s'empresse de me prendre le casque et les manettes.

— *C'est bon. Ce n'est pas comme si on échangeait des nudes. Ne te comporte pas comme mamie.*

— *Attentionnée ?*

— *Contrôlante et surprotectrice*, dit Olivia. *Je sais qu'il ne faut pas donner mon adresse à un adulte sur internet. Détends-toi, c'est bon.*

— *Non, ce n'est pas bon. Tu ne sais pas avec qui tu parles dans ce jeu !*

Comment peut-elle être aussi insouciante, comme si ce n'était pas grave ?

— *Bien sûr que je le sais. Je joue tout le temps.*

— *Bien, alors qui est le Russe qui jouait ? C'est un adulte.*

— *Il joue tout le temps. En général, il ne fait qu'une partie, puis il s'en va. Il devait t'aimer pour continuer à jouer jusqu'à ce que la ville soit détruite.*

J'ignore la remarque d'Olivia. Elle essaie d'arrondir les angles car elle sait que sa mère ne va pas apprécier la nouvelle.

— *Donne-moi le casque*, dis-je en tendant la main.

— *D'accord*, grommelle-t-elle en le poussant dans ma paume.

Je mets l'appareil en place et l'allume, en utilisant les manettes pour naviguer dans le menu principal. Il doit y avoir un paramètre pour bloquer un joueur. Je trouve l'écran de saisie où je peux voir et inviter d'autres personnes.

Son pseudonyme n'est pas difficile à retenir. Je tape "Bearded Bad Boy", et immédiatement, une image s'affiche. Là où il devrait y avoir une photo de profil, c'est le tatouage d'une étoile. Il est détaillé et complexe, et impressionnant s'il l'a dessiné lui-même.

Ce dont je doute.

Je ne connais pas grand-chose aux tatouages, mais je parierais que ce n'est pas le seul que le Bad Boy barbu a sur lui, et il est hors de question que ma nièce innocente découvre une autre encre sur son corps.

Son profil est considérablement vide. Il n'y a pas de prénom, pas de description - juste le gros plan d'un tatouage et l'option de l'ajouter comme ami.

Non.

Ce n'est pas près d'arriver.

— Alors ? plaisante Olivia, attendant que je dise quelque chose.

— *Je devrais le bloquer, dis-je.*

— *Quoi ? Pourquoi ? Il n'a jamais rien dit ou fait d'inapproprié. Tu réagis de façon excessive, tata Sadie.*

Je choisis de ne pas le bloquer. Il n'a rien dit ou fait pendant que j'étais en ligne. Non pas que je veuille dire à Olivia qu'elle a raison. Je quitte l'écran de profil et éteins le jeu avant de retirer le casque.

— *Les filles de treize ans et les hommes adultes ne se mélangent pas. Les hommes comme Bearded Bad Boy ne se pointent pas sur les jeux juste pour jouer.*

— *Si. Je vais te le prouver. Achète une deuxième console, et tu pourras jouer tous les soirs quand je serai en ligne. Tu verras que personne ne me harcèle ou ne me malmène. C'est un espace sûr.*

J'expire un grand coup.

— *Et si on disait pas de jeux vidéo pendant que tu es chez moi ?*

— *Maman, tu es méchante.*

— *Mais je suis là pour un mois, se plaint Olivia. Ça va être une torture ! J'ai des amis en ligne avec qui je discute.*

Ses yeux s'écarquillent, et les yeux de la jeune fille larmoient.

J'ai vu la différence entre de vraies larmes et des larmes pour arriver à ses fins. Ce sont de vraies larmes, ce qui rend les choses encore plus difficiles.

— Je sais que ça te semble idiot et stupide, tata Sadie, mais jouer me donne quelque chose à faire. Et c'est de l'exercice. Tu ne peux pas me dire que tu n'es pas courbaturée après avoir joué à Orc Hunter.

Mon bras est un peu endolori, et je parie que mes jambes souffriront demain à cause de tous les squats que j'ai faits pour éviter qu'on me jette une hache à la tête.

— Je vous regarderai jouer les filles et je surveillerai vos téléphones, dis-je.

— D'accord, mais quand je dormirai, tu pourras emprunter mon casque, dit Olivia avec un sourire, en jetant un coup d'œil à Allie.

— Ce n'est pas nécessaire.

Un sourire en coin illumine le visage d'Olivia.

— Quelques heures à jouer à Orc Hunter cette semaine, et tu seras accro.

— Peut-être qu'on devrait trouver d'autres activités à faire à l'extérieur, dis-je.

— Maman, se plaint Allie. Je te promets que c'est bon pour l'âme.

— Jouer à des jeux vidéo ?

— Exercice, stimulation mentale, rencontrer de nouvelles personnes. Tu dis toujours que je devrais me faire de nouveaux amis, dit Allie. C'est ce que je fais, avec l'aide d'Olivia.

Je grogne dans mon souffle.

— Plus de discussions avec des hommes adultes.

———

J'enfonce mes doigts dans l'accoudoir de la chaise d'hôpital, fixant le tatouage qui dépasse de sa blouse.

C'est probablement une coïncidence qu'il ait le même tatouage d'étoile. Il l'a mentionné une fois quand je l'ai interrogé sur sa photo de profil en ligne.

— Tu me stalk ? demande-t-il alors que je le rejoins dans le jeu VR Orc Hunter.

Je ris dans mon souffle.

— *Je ne sais même pas où tu vis. Alors, non. Je ne peux pas te stalker.*

— *C'est vrai.*

Il glousse, et je jure qu'il sourit. Mais je ne peux pas le voir, seulement son avatar dans le jeu, et il n'est pas si proche. Il est en face de moi, gardant la tour opposée de l'autre côté de la ville pendant que nous tirons sur les orcs.

— *Il n'est pas tôt là où tu es ?*

— *Il est tôt, dis-je.*

Le soleil vient de se lever, et ma nièce et ma fille sont endormies. Elles ne se réveilleront pas avant au moins dix heures, si ce n'est plus tard. Ce qui me laisse quelques heures pour voir ce qui se trame avec ses jeux en réalité virtuelle.

Je ne dis pas à l'étranger où je vis ni dans quel fuseau horaire je me trouve. Moins il en sait, mieux c'est. La dernière chose que je souhaite, c'est de lui donner des informations sur ma nièce.

— *Et toi ? demandé-je. Tu es en Russie ?*

Il y a trois serveurs, celui auquel je me suis connectée était aux USA. Mais n'importe qui peut se connecter à n'importe quel serveur.

— *Tit for tat.*

— *Je ne vais pas te montrer mes...*

Il s'ébroue et se racle la gorge.

— *Je ne demandais pas ça. Tu me dis d'où tu viens, et je te dis où je vis.*

Son accent est épais, lourd, et sans aucun doute, il vient de Russie, même s'il a quitté le pays et réside ailleurs.

— *J'ai demandé en première, dis-je.*

C'est comme si nous étions au collège, et je roule des yeux, réalisant à quel point cette conversation semble ridicule entre deux adultes. Mon attention se porte sur les dragons, que je tire en premier, puis sur les orcs, que j'esquive lorsqu'ils me lancent des haches à la tête.

Le méchant garçon barbu est habile pour éviter une attaque à la hache. Il saute d'une plateforme à l'autre pour éviter de se faire massacrer.

— *Frimeur, murmuré-je.*

— *Jalouse.*

Il y a de l'amusement dans son ton, comme s'il prenait plaisir à me taquiner.

— *Non, je ne joue pas à ce jeu toute la journée.*

— *Moi non plus, dit-il. C'est juste un hobby.*

Il n'a pas l'air convaincu.

— *Discuter avec des adolescentes est un hobby ?*

— *Je ne sais pas ce que tu racontes, mais je peux t'assurer que je ne m'intéresse pas le moins du monde aux adolescentes, ni aux adolescents, d'ailleurs.*

Le soulagement devrait m'envahir, mais il y a de la colère dans son ton. Une force, comme si je l'avais offensé et qu'il était sur le point de tout casser.

— *Et qu'en est-il de toi ? Tu aimes faire des accusations sans fondement ? Tu parles comme un fédéral ou un flic véreux.*

— *Je ne suis ni l'un ni l'autre, dis-je. Tu as quelque chose contre les figures d'autorité ?*

— *Pas tant que je suis celui qui dirige.*

Il dégage une vibration alpha, comme si c'était toujours lui qui menait la barque.

Un silence s'abat sur nous, le seul son qui résonne dans le casque est celui des orcs et des ennemis tués, un coup après l'autre.

Il est bon. Un peu trop bon si vous voulez mon avis, mais je ne suis pas une habituée. Bon sang, ce n'est même pas mon casque. Je joue sur le jeu d'Olivia sous son pseudonyme. Elle s'en fiche, du moment que la batterie est chargée quand elle se réveille.

Je devrais peut-être imposer des règles aux filles pendant qu'Olivia est là. Pas de jeu avant midi.

L'homme dans le coma pourrait être russe. Mais il pourrait être de n'importe quelle nationalité. La pléthore de tatouages devrait aider l'hôpital à préciser son identité.

Le bandage sur son front couvre ses cicatrices et il est allongé, immobile, à l'exception des mouvements de sa poitrine. Je suis assise à son chevet, attendant que quelqu'un se présente, le reconnaisse et s'assoie avec lui. Je pose ma main sur son bras.

Sa peau est fraîche au toucher. Je tire la couverture vers le haut pour l'aider à se réchauffer.

— Tiens bon, chuchoté-je.

Qui qu'il soit, il ne mérite pas de mourir ou d'être laissé pour mort.

Je jette un coup d'œil à mon téléphone. Je pourrais envoyer un SMS à ma nièce et lui demander de me faire savoir si le Bad Boy barbu est en ligne, même si cela n'a pas d'importance. Qu'est-ce que je pourrais bien dire à une fille de treize ans ? *J'ai vu un homme sur le point de mourir, et j'ai vu qu'il partage le même tatouage qu'un joueur en ligne.*

Je vais paraître cinglée.

Le Bad Boy barbu ne m'a jamais dit d'où il venait.

DEUX

DMITRI

Six semaines plus tard

J'ai vraiment mal à la tête. Je ne parle pas d'un léger mal de tête qui nécessite quelques comprimés pour l'atténuer.

La douleur est immense, comme si quelqu'un avait mis un marteau-piqueur sur ma tête et avait ensuite décidé de forer dans mon crâne.

L'odeur d'antiseptique imprègne d'abord mes sens. Je ne peux m'empêcher de gémir lorsque mes yeux s'ouvrent paresseusement pour réaliser que je suis dans un hôpital quelque part.

Ses yeux bleu brillant s'élargissent alors qu'elle se lève de son siège à mon chevet.

— Tu es réveillé, dit-elle.

Ses yeux s'agrandissent de surprise et son teint devient macabre. Elle tient un livre dans ses mains, la reliure est usée.

— Est-ce que je vous connais ?

Je suis censé reconnaître la brune ? Je jure que si je l'avais rencontrée, je m'en souviendrais. Peu importe le mal de tête et la douleur qui me déchirent le crâne. Je n'oublierais jamais son visage ou son corps.

Elle fait un sourire penaud.

— Je t'ai trouvé dans la forêt. Abattu.

Je grimace et porte la main à ma tête. Il n'y a pas de bandage. Pas de douleur, pas comme je m'y attendais.

— Depuis combien de temps suis-je ici ?

J'ai la nette impression que c'est plus de deux heures.

— Environ six semaines, murmure-t-elle en détournant le regard.

Et elle est restée avec moi tout ce temps ?

Pourquoi ?

— Je t'ai fait la lecture, dit-elle l'air gêné, en repliant son autre bras sur le livre pour cacher ce qu'elle lisait.

— Quelle lecture ?

Je ne me souviens pas d'avoir entendu sa voix, et encore moins d'avoir entendu quoi que ce soit d'autre à son sujet, et je la reconnaîtrais si nous nous étions rencontrés à un autre moment. Elle est jeune et délicate, et il y a une certaine innocence en elle. Je lève la main pour toucher l'endroit où l'on m'a tiré dessus, et mes doigts effleurent la cicatrice.

Ses mains sont délicates et douces lorsqu'elle ramène mon bras vers le bas, bien que ma tête ne me fasse pas mal.

— Et tu es ? demandé-je.

— Oh oui, Sadie West, dit-elle en souriant.

Cette fille a le plus irrésistible des sourires et des fossettes qui lui donnent le parfait air de fille d'à côté.

— Et tu es ? demande-t-elle, attendant que je réponde.

Je me racle la gorge et je gagne du temps.

Quelqu'un veut me tuer. Je ne me rappelle pas qui m'a tiré dessus ni ce qui s'est passé. Je travaille pour la Bratva russe, et j'avais reçu l'ordre de tuer Anton et sa petite amie, Savannah. Nikita était avec moi dans la voiture. Mais tout ce qui a suivi est derrière un voile, éloigné de ma mémoire.

— Tu n'as pas d'identification sur toi, dit Sadie.

— Je ne me souviens pas.

J'essaie de ne pas donner une once d'indication que je mens.

— C'est un peu flou.

— Je devrais dire au docteur tu es réveillé.

Elle est mignonne, avec un joli petit cul que j'examine quand elle sort de la chambre d'hôpital.

Ce serait bien qu'elle parte. Je suis un homme dangereux. Elle n'a aucune raison de rester dans le coin et de passer du temps avec moi. Je ne suis pas de bonne compagnie.

L'infirmière entre en premier, prend mes constantes et le médecin entre quelques minutes plus tard.

Sadie se tient dans le couloir, observant, nous laissant de l'espace et de l'intimité.

— Connaissez-vous votre nom ? demande le médecin.

— Je ne le connais pas.

Je mens. C'est plus facile. La police va enquêter sur la fusillade. L'hôpital est tenu de signaler toute blessure par balle, et nous ne sommes pas à Steele Concierge Medical, ce qui signifie que ces médecins ne sont pas achetés ou payés par la Bratva.

Ils sont obligés de signaler le crime à la police.

— En quelle année sommes-nous ?

Je transmets l'année et le médecin hoche la tête, heureux que je sois dans le vrai. Elle demande la même chose au sujet du président, et je semble répondre correctement à ces questions. J'aurais peut-être dû faire semblant d'être plus confus, mais je ne veux pas qu'on me fasse passer un million de tests médicaux.

Je veux rentrer à la maison.

Mais où diable est la maison ?

Je ne peux pas retourner au camp avec Mikhail aux commandes. Pour ce que j'en sais, il a ordonné mon exécution.

Nikita a tiré sur Anton ou sur moi ? Peut-être que Savannah, la petite amie d'Anton, avait une arme cachée sur elle, et qu'elle a appuyé sur la gâchette ? Elle a travaillé pour les fédéraux.

Tout le monde est suspect.

Le docteur prend quelques notes et m'informe qu'aucun traumatisme durable n'est indiqué par les tests qu'ils ont déjà effectués, mais qu'un neurologue m'examinera plus tard dans l'après-midi. Elle se dépêche de sortir de la pièce pour aller voir un autre patient.

— Tu aimes le couloir ? plaisanté-je, en jetant un coup d'œil à Sadie qui fait semblant d'enlever les peluches de sa chemise.

— Je ne voulais pas m'imposer, dit-elle en se glissant dans ma chambre.

— Je peux te demander quelque chose ?

Bien que je connaisse mon nom, je ne me souviens pas de ce qui s'est passé. Elle acquiesce et me laisse continuer.

— Y avait-il quelqu'un d'autre ?

— Qu'est-ce que tu veux dire ? demande Sadie, en me fixant d'un regard vide.

Elle n'a pas la moindre idée de ce que je lui demande. Bien sûr, elle n'en a aucune idée, car elle ne sait pas ce qui s'est passé dans la forêt.

Et moi non plus.

— Quand tu m'as trouvé. J'étais seul ?

Sadie s'avance plus loin dans ma chambre d'hôpital. Ses orteils traînent sur le sol pendant un moment. Il y a quelque chose qu'elle cache, mais je ne sais rien d'elle pour savoir ce que ça peut être.

Ce sont les Italiens qui l'ont envoyée ?

Non. Si c'était le cas, je serais mort. Elle m'aurait étouffé pendant que je dormais.

Elle s'affale sur la chaise à côté de mon lit.

— Tu demandes si j'ai vu le tireur ? Parce que je ne l'ai pas vu.

Sa réponse est un peu trop rapide et forcée. Presque comme si elle l'avait répétée dans sa tête une douzaine de fois.

Peut-être qu'elle ne veut pas admettre avoir été témoin de ce qui s'est passé. Elle est intelligente si elle joue cette voie et prétend ne rien avoir vu.

— Je veux dire quand tu m'as trouvé, j'étais seul ?

— Juste toi et la saleté, dit Sadie.

Elle esquisse un sourire en coin avant de baisser les yeux sur ses genoux.

Pourquoi est-elle encore là ? Si je lui demande, elle pourrait partir. Et c'est la dernière chose que je veux.

— Merci de m'avoir sauvé la vie et de m'avoir amené ici, dis-je en faisant un geste vers la chambre.

Je déteste les hôpitaux. Non pas que je connaisse quelqu'un qui les aime, mais je les méprise. Des hommes meurent dans des endroits comme celui-ci après des batailles sanglantes. Je veux rentrer chez moi, mais je ne peux pas retourner dans l'enceinte.

— Tu ne te souviens pas de ton nom ? demande Sadie, choquée que quelqu'un puisse oublier son identité.

Ce serait plus facile si je souffrais d'une amnésie complète, comme on en voit dans les films ou les livres, où le personnage oublie tout de lui-même, y compris qu'il est le méchant.

C'est regrettable que je puisse me souvenir des innombrables actes horribles que j'ai commis dans ma vie, mais que je ne puisse pas me rappeler ce qui s'est passé quand on m'a tiré dessus.

— Je ne peux pas dire que je m'en souvienne.

— Tu es entré sans papiers, sans téléphone, sans clés de maison ou de voiture.

Sadie s'assied tranquillement à côté de moi, les mains croisées sur ses genoux.

— Que vas-tu faire quand ils te relâcheront de cet endroit ?

— Braquer une épicerie et dormir dans l'arrière-boutique ?

Elle ne sourit pas et ne rit pas.

— C'est une blague, dis-je.

Elle ne comprend pas ? Non pas qu'elle me connaisse.

— Relaxe, ça va aller. Tu n'as pas besoin de rester et de me surveiller à moins que tu sois un flic ?

C'est pour ça qu'elle est encore là, à essayer de me soutirer des informations ?

Elle travaille sur l'enquête et veut savoir qui m'a tiré dessus ? Eh bien, je n'ai pas l'intention de porter plainte. Ce n'est pas comme ça que nous, les bratva, travaillons.

— Je ne suis pas un officier de police. Mais un officier cherchait à te parler pendant que tu étais dans le coma. Il a laissé sa carte.

Elle montre la carte de visite sur la table voisine. L'hôpital n'a reçu ni fleurs, ni cartes de vœux, ni autres cadeaux pour moi.

Je mets ça sur le compte de l'hôpital, qui ne m'a pas identifié, mais qu'en est-il de la bratva ? M'ont-ils laissé mourir sans se soucier de récupérer le corps ?

C'est inhabituel et suspect. Il y a quelque chose qui cloche.

— Qu'est-ce que tu leur as dit ?

— Que tu étais dans le coma et avais besoin de repos.

— Bien, dis-je.

Je m'assieds en retirant la perfusion de mon bras. J'ai la tête qui bat à cause du mouvement soudain, mais je ne peux pas rester assis à attendre que les flics m'interrogent. L'hôpital va-t-il les informer que je suis réveillé ?

— Qu'est-ce que tu fais ?

La voix de Sadie monte d'un octave.

Je ne peux m'empêcher de craindre qu'elle n'alerte les autorités.

— Je me casse d'ici.

La télévision est allumée. C'était surtout un bruit de fond, les nouvelles. Je n'y ai pas prêté attention jusqu'à ce que je me lève et me balance dans ma blouse d'hôpital peu reluisante. Mes pieds sont en caoutchouc, et mes jambes en gelée. Il me faut tout mon effort pour me tenir debout et ne pas tomber. Je suis faible, même si je ne l'ai jamais admis à personne.

— Où sont mes vêtements ?

Je ne peux pas quitter l'hôpital avec mon cul dans une blouse.

— Les médecins ont mis tes vêtements sales dans un sac, dit Sadie, en ouvrant le placard de la penderie.

Je trébuche dans la salle de bain et claque la porte. Il ne me faut pas longtemps pour me déshabiller. Je suis déjà pratiquement nu. Je grimace en arrachant les autocollants d'électrodes attachés à ma poitrine et en enfilant mon pantalon de costume noir et ma chemise blanche. Le col est couvert de cramoisi. Il y a une éclaboussure de sang sur le devant de la chemise qui a coulé de la blessure. Ma veste de costume est froissée, mais elle couvrira la plupart du sang pour l'instant. Je vais avoir besoin de nouveaux vêtements, quelque chose de moins voyant.

Dommage que Sadie n'ait pas pensé à m'apporter des vêtements de rechange.

Quand je sors de la salle de bain, elle a la tête baissée, regardant son téléphone. Elle range son portable dans son sac et croise ses bras sur sa poitrine.

— Je ne sais pas ce qui se passe, mais tu ne pars pas. Tu ne peux pas.

Je m'empêche de lui dire qu'elle ne peut pas me faire rester. Mon pied est chancelant, et peut-être Sadie sent-elle mon malaise et mon déséquilibre. Je m'accroche à l'armoire fixée au mur et la laisse me soutenir.

Un lourd soupir s'échappe de ses lèvres. Elle me jette un coup d'œil et serre le livre dans une main, et de l'autre, elle m'escorte vers la chaise où elle s'était installée plus tôt.

— Tu vas rester avec moi, dit Sadie.

— C'est une très mauvaise idée.

Elle se moque dans son souffle.

— Quand quelqu'un te fait une offre polie, il y a des façons plus gentilles de refuser. Mais ceci dit, je ne t'invitais pas à rester chez moi. Je ne te connais pas. Mais je travaille au Luxenberg. Je peux te trouver une chambre.

— Un hôtel ?

Je mets mes chaussures et mes chaussettes. Je ne suis pas capable de me lever pour les enfiler. La pièce oscille quand je m'assieds, mais j'ignore la sensation de vertige.

Quand j'ai mis mes chaussures, je me lève d'un bond et je me dirige vers le couloir. Je me balance d'un côté à l'autre comme si j'étais sur une mer agitée et que j'essayais de garder mon équilibre. Les infirmières sont occupées, sans prêter la moindre attention à un homme qui sort en costume. Peut-être auraient-elles levé les yeux de leurs écrans d'ordinateur et de leurs dossiers si j'avais revêtu une blouse d'hôpital.

Sadie m'attrape le bras, m'accompagne et m'empêche de tomber sur le cul. À chaque pas, mon ancrage devient plus solide et moins vertigineux. J'ai toujours eu un estomac d'acier, mais la pièce qui tourne au hasard n'aide pas.

— Tu t'améliores, dit-elle alors que nous entrons ensemble dans l'ascenseur.

— Fake it till you make it, plaisanté-je.

Je ne peux m'empêcher de baisser les yeux sur le livre qu'elle tient dans sa main. Elle cache le titre, mais c'est un livre d'amour avec un homme à moitié nu sur la couverture. Est-ce qu'elle me lisait un livre érotique ? Je pense que je l'aime déjà.

Elle appuie sur le bouton du hall d'entrée, et je m'adosse au mur, le laissant soutenir mes fesses jusqu'à ce qu'on atteigne notre destination.

— Quel livre as-tu apporté ?

Ses joues rougissent, et elle pousse une mèche de cheveux derrière son oreille.

— Est-ce que c'est important ?

Son rire est doux et léger. Elle est gênée et évite ma question.

La porte de l'ascenseur s'ouvre, et elle sort la première. Je suis juste derrière elle, et elle lie son bras au mien, m'escortant à travers le long couloir et le parking. C'est une sacrée marche, mais c'est ma faute, j'ai filé de là avant que d'autres tests ne soient effectués ou que d'autres questions ne soient posées.

Je n'ai jamais eu à mentir sur qui je suis ou mon rôle. Oui, faire partie de la bratva a été un secret, mais mes fréquentations sont généralement au courant de mon rôle.

C'est un nouveau territoire.

Je faisais semblant d'être un bon gars.

Je surveille mon environnement à chaque pas dans l'hôpital et dans le parking. Je dois être vigilant. Il y a des ennemis dans toute la ville qui aimeraient avoir l'avantage de me prendre en otage, de me torturer pour obtenir des réponses concernant la bratva.

Et Sadie est trop innocente pour être mêlée à mon drame. Je ne veux pas qu'elle soit blessée.

— Monte, dit-elle en déverrouillant le hayon à deux portes. Désolée, ce n'est pas super chic.

Le hayon jaune à deux portes a de la rouille sur l'aile, et un des feux arrière est cassé. A-t-elle eu un accident, ou quelqu'un a-t-il fait exprès de casser le feu pour l'agresser ?

— C'est parfait, dis-je, choisissant de ne pas faire de commentaires sur son véhicule puisqu'elle est assez gentille pour me rendre service et me faire sortir d'ici.

Plus je reste à l'hôpital, plus j'ai le temps d'être découvert par Mikhail ou ses hommes.

La voiture est un tas de rouille, et un petit en plus. Mes genoux sont écrasés sur le siège avant, mais au moins c'est gratuit. Je ne peux pas vraiment payer un taxi ou un hôtel. Et je n'ai aucun accès à mes comptes sans ma carte d'identité ou mon portefeuille.

Ça va être plus compliqué que je ne le pensais. Je suis un pickpocket hors pair, mais ça ne me rapportera que quelques dollars, pas assez pour survivre confortablement.

J'ai l'estomac lourd et j'essuie la sueur qui recouvre mes mains sur mon pantalon, jetant de temps en temps un coup d'œil dans le rétroviseur latéral pour voir si quelqu'un suit son véhicule.

Sadie fait chauffer la climatisation de la petite voiture, mais ce n'est que de l'air chaud et dégoûtant qui sort. Je repousse les bouches d'aération devant moi.

— Ça va se refroidir dans quelques minutes, dit Sadie.

Ce ne sera pas trop tôt, ça c'est sûr. Il n'y a pas de frais de stationnement dans le parking, et Sadie conduit de façon désordonnée dans le parking et sort par la sortie.

C'est peut-être à cause d'elle que le feu arrière est cassé. Sa conduite laisse beaucoup à désirer. La prochaine fois, je proposerai de conduire. En supposant qu'il y ait une prochaine fois.

Je me déplace inconfortablement sur le siège avant. La ceinture de sécurité est basse et serrée sur mes genoux. Je suffoque, et la chaleur est étouffante.

Je connais l'hôpital que nous venons de quitter et l'hôtel où nous nous dirigeons. C'est un trajet d'au moins vingt minutes sans circulation, et les routes sont rarement vides, sauf peut-être lorsque je sors du travail au Club Sage.

Mon dernier travail pour la bratva avait été de surveiller la porte, un videur pour le club. Bien que ce soit une position plus flatteuse que de simplement vérifier les cartes d'identité et de jeter dehors les salauds qui tripotent les danseuses. J'avais pour seule responsabilité de m'assurer que les membres de la mafia italienne ne se faufilaient pas à l'intérieur. Et aux premières heures du matin, lorsque je finissais au club, j'étais chargé d'établir le premier   contact   avec   nos   acheteurs.

L'environnement exigeait le secret, la sécurité, et aucune trace écrite ou électronique.

Jusqu'à ce que j'atterrisse à l'hôpital avec une balle dans la tête.

Sadie traverse la ville à la vitesse de l'éclair, grillant quelques feux au moment où ils deviennent rouges. Cette fille est une terreur naturelle.

C'est très excitant. Elle me rend immédiatement accro à elle. Serait-ce parce qu'elle m'a sauvé la vie, ou y a-t-il quelque chose de plus entre nous ?

— Tu es sûre que je peux rester au Luxenberg ?

Il y a de pires endroits où je pourrais rester. Un hôtel serait au moins sous le radar. Les bratva ne vont pas me chercher dans un hôtel. Surtout quand ils pensent que je suis mort et que toutes mes cartes de crédit et mes comptes passent par eux - une autre raison d'être reconnaissant d'avoir jeté mon portefeuille.

Bien que ce n'était pas intentionnel. Du moins, je ne me souviens pas l'avoir laissé derrière moi. J'ai dû l'oublier pendant le travail.

Son attention est portée sur la route, ses mains sur le volant alors que nous traversons des quartiers et descendons des rues secondaires, évitant les feux de circulation et les arrêts, passant sans encombre deux panneaux stop.

— Je travaille à la réception. Je peux t'enregistrer dans l'une des chambres et la marquer comme indisponible en raison d'un problème de maintenance.

Sadie n'a aucune idée de ce dans quoi elle s'implique en m'aidant.

— Je te rembourserai.

Je n'aime pas être redevable à quelqu'un, même si c'est une jolie brune. Rendre service à quelqu'un ne me convient pas.

— Ce n'est pas un gros problème. Personne n'a besoin de savoir, dit Sadie avec un sourire en coin.

Il y a un côté rebelle en elle que je trouve incroyablement sexy. Tous les membres de la bratva sont des hommes. Une poignée de femmes vivent dans l'enceinte, des petites amies et des épouses, mais elles ne sont pas membres. Dans une autre vie, elle aurait pu briser le moule et devenir un membre de la famille.

Mais là encore, Mikhail n'aurait jamais fait en sorte qu'un membre de la bratva soit une fille. C'est le Pakhan, le leader de l'organisation russe qui opère à New York.

— Tu as besoin de t'arrêter pour prendre des vêtements ?

Ce n'est pas comme si j'étais censé savoir où j'habite, et je n'ai pas de clés de maison dans ma poche.

— C'est une tâche difficile, vu que je ne me souviens de rien, dis-je.

Elle s'éclaircit la gorge et me jette un bref regard.

— Je peux te prêter quelques dollars. On peut s'arrêter à un Target ou un Walmart et voir ce qui te va ?

Je suis grand et robuste, et même si je suis sûr qu'il y a des jeans et des t-shirts que je peux acheter, je ne porterai pas mon habituel costume-cravate. Non pas que j'aie particulièrement besoin d'être en costume-cravate pour me prélasser dans l'hôtel. Et où diable vais-je pouvoir aller si la bratva est après moi ? Je vais devoir faire profil bas et éviter les ennuis.

Pas quelque chose dans lequel j'excelle, vu mon expertise.

— Je ne veux pas te dépouiller.

— Tu me rembourseras.

Sadie me fait un sourire à mille feux.

— Si tu as besoin d'un travail, tu peux toujours nettoyer mon appartement. Je déteste faire le ménage, ajoute-t-elle.

Je gémis dans mon souffle. Ce n'est pas le genre de travail que j'aime faire. Mais j'ai fait pire, nettoyer des cadavres - un appartement avec de la poussière et de la saleté, ça devrait être un jeu d'enfant. Et peut-être que je vais même faire un peu de furetage. Il y a quelque chose chez Sadie sur lequel je n'arrive pas à mettre le doigt. Probablement le fait qu'elle soit là, prête à m'aider, alors que je suis dans le coma depuis six semaines.

Qui peut faire ça ?

Quel genre de personne attend qu'un étranger se réveille ?

— Tu es trop gentille.

Et je pense chaque mot. Si elle savait le genre d'homme que je suis, les choses que j'ai faites, elle ne me regarderait pas avec un tel espoir. La fille est innocente, et le simple fait de me côtoyer va la ruiner.

Sadie sourit, ses mains sur le volant. De temps en temps, elle me jette un coup d'œil, comme si elle pensait à quelque chose mais ne voulait pas le dire à voix haute.

— Quoi ?

J'ai un don pour lire les gens, surtout les jolies jeunes femmes.

— Tu ne te souviens de rien ? plaisante-t-elle.

Elle s'arrête sur le parking de Target et coupe le moteur. Je suis soulagé de sortir de la voiture et de me lever, en me dégourdissant les jambes. Sadie me suit jusqu'à l'entrée principale, son bras se liant à nouveau au mien.

— Je ne veux pas que vous tombiez, monsieur.

Elle glousse.

— Je ne me souviens même pas de mon nom.

Le mensonge devient plus facile à dire alors que j'essaie de me convaincre que je ne sais pas qui je suis.

— C'est fou, dit-elle en me regardant en marchant vers les chariots. Tu as besoin de t'accrocher, ou tu vas bien ?

— Je vais bien, mais merci de demander.

J'ai retrouvé mes jambes, et bien que ma tête palpite, j'ignore cette sensation.

Convaincue que je suis capable de marcher tout seul, Sadie prend un chariot et le pousse dans le magasin, me conduisant vers le rayon des hommes.

Est-ce que cette fille va m'aider à choisir ma garde-robe ? C'est un peu trop personnel pour moi, mais je me retiens de dire quoi que ce soit d'offensant. Sadie essaie d'être utile. J'ai besoin d'elle si je veux rester hors du radar de quelqu'un.

Je n'ai pas à m'inquiéter que les caméras de surveillance me reconnaissent. Je ne suis pas un homme recherché, et je suis presque sûr qu'ils pensent tous que je suis mort.

La colère grésille en moi, je veux des réponses. Le reportage d'Anton et Savannah m'a donné envie de trouver un accès à Internet pour faire mes propres recherches et reconnaissances.

Mais je n'obtiendrai pas ces réponses avec Sadie à mes côtés. Elle est trop bonne, trop gentille et innocente pour côtoyer la violence et les effusions de sang parmi les bratva.

C'étaient des hommes avec lesquels je me suis aligné, mais je ne me reconnais plus et je ne sais plus où est ma place dans le grand schéma de leur organisation.

Je prends quelques vêtements dans l'armoire, rien qui ne se démarque ou qui soit tape-à-l'œil. Je n'ai pas besoin de mettre une cible sur moi. Ils pensent que je suis mort. C'est mieux de les laisser sans méfiance.

J'ai besoin d'un plan et d'une arme.

J'ai peu de chances de me faire prendre sans papiers ou sans contacter une vieille source qui pourrait me dénoncer.

Je me procurerai un couteau plus tard, quand je n'aurai pas le petit rayon de soleil qui m'accompagne - inutile de l'effrayer.

Je m'éclaircis la gorge après avoir laissé tomber assez de vêtements pour deux jours dans le chariot.

— Allons-y.

J'en ai fini avec le shopping ; ce n'est pas ma vision de l'amusement, et les analgésiques que l'hôpital m'a fait prendre commencent à s'estomper.

Mon humeur se dégrade avec eux, me rendant grincheux et anxieux.

Nous sommes à l'autre bout de la ville, loin de l'enceinte, mais je ne peux pas prendre le risque de rencontrer des membres de la bratva.

J'ai la tête qui tourne rien qu'en pensant à ce que tout cela signifie. Nikita était dans la voiture avec moi dans les bois. Est-ce que Anton et Savannah l'ont kidnappé ? L'ont tué ?

— Es-tu sûre que j'ai été amené seul à l'hôpital ?

Ça n'a pas de sens. Pourquoi me laisser mourir et pas Nikita, aussi ?

— Tu es le seul randonneur sur lequel j'ai trébuché, dit Sadie.

Cependant, elle force l'utilisation du mot randonneur. Elle n'est pas idiote.

Sait-elle que je n'étais pas dans les bois pour faire de la randonnée ?

— Pourquoi ? demande Sadie en me jetant un regard avant de pousser une mèche de cheveux derrière son oreille.

Elle est nerveuse.

Pourquoi ?

Est-ce que je lui fais peur ? Ou sait-elle quelque chose qu'elle ne dit pas ?

— Aucune raison.

Moins j'en dis, mieux c'est. C'est pour sa sécurité. Il y a des hommes qui veulent ma mort, un grand nombre d'hommes, et surtout les bratva, qui ont été ajoutés à cette liste.

Nous finissons les courses, elle paie, et je me sens coupable de ne pas pouvoir couvrir l'essentiel. Je la rembourserai, même si je dois braquer une banque pour lui procurer les fonds. Je dépose les sacs dans le coffre de sa petite voiture.

— Je peux conduire, proposé-je.

— Avec cette blessure à la tête ?

Elle désigne la cicatrice sur ma tête.

— C'était il y a des semaines.

J'avais jeté un rapide coup d'œil à la cicatrice dans le reflet en entrant dans le magasin par les portes vitrées. Ça n'a pas l'air si grave.

— Et tu viens juste de sortir du coma. Non, merci. Tu peux monter sur le siège passager.

C'est sa voiture. Et même si j'ai envie de lui faire rendre les clés et d'exiger qu'elle fasse ce que je dis, la fille m'aide. Je devrais être reconnaissant, ce qui n'est pas une émotion facile à gérer, étant donné mon travail.

— Ouais, marmonné-je.

Je monte dans la voiture du côté passager. Je claque la porte et je serre la ceinture de sécurité autour de ma taille, en attendant qu'elle démarre le moteur et s'engage dans la circulation.

De temps en temps, elle me jette un regard. Je peux dire qu'elle veut me demander quelque chose parce qu'elle n'arrête pas d'ouvrir la bouche, et sa langue sort, passe sur ses lèvres, avant de refermer sa trappe.

Intelligente.

Reste calme.

Ça pourrait lui sauver la vie. Non pas que j'ai l'intention de lui faire du mal. Elle ne m'a donné aucune raison d'être un danger pour elle.

De plus, je ne ferais jamais de mal à une femme. Il y a des limites que je ne franchirai pas. Lui botter le cul est une possibilité bien réelle. Mais j'ai besoin de son aide.

Sadie nous conduit de façon désordonnée à l'hôtel. Elle se gare un peu trop brusquement, forçant ma ceinture de sécurité à se bloquer.

— Où as-tu appris à conduire ?

Elle rit dans son souffle.

— Viens, on va te trouver une chambre.

Elle coupe le contact et sort de la voiture.

Je la suis, attendant qu'elle déverrouille le coffre. Une fois ouvert, je prends mes sacs. Je n'ai pas acheté grand-chose, et je vais lui rendre chaque centime.

Sadie entre dans l'hôtel comme si l'endroit lui appartenait. Sa confiance est inébranlable.

— Salut, Pauline.

Il y a une amabilité en elle qui semble correspondre à sa personnalité, comme si elle ne se donnait pas en spectacle.

— Je pensais que tu étais en congé aujourd'hui.

— Je le suis, mais j'ai laissé mon téléphone quelque part par ici.

— Tu as regardé dans la salle de repos ? demande Pauline.

— Non. Peux-tu y aller pendant que je fais sonner mon téléphone ?

Sadie attrape le téléphone fixe et commence à composer son numéro de portable.

— Bien sûr, dit Pauline en se dirigeant vers le couloir.

Pendant que Pauline s'efforce de retrouver le téléphone de Sadie, elle pianote sur l'ordinateur. Elle prend deux cartes d'accès à des chambres d'hôtel et les programme avant de pianoter à nouveau sur l'écran de l'ordinateur.

— Chambre 312.

Elle me tend deux cartes de chambre, j'en mets une dans ma poche et je saisis la deuxième.

— Merci.

Mon pouce effleure sa peau avant de me diriger vers les portes de l'ascenseur. Ça aurait l'air suspect si je traînais trop longtemps à la réception sans m'enregistrer dans une chambre.

Je me dirige vers les ascenseurs, en jetant un coup d'œil par-dessus mon épaule pour voir Sadie. Elle m'offre un sourire chaleureux, me rassurant que tout va bien. J'appuie sur le bouton de l'ascenseur et j'attends que la porte s'ouvre.

Pauline secoue la tête et retourne à la réception.

— Ton téléphone n'est pas dans la salle de repos.

— Je l'ai trouvé dans le tiroir du bas. Je ne sais pas comment il est arrivé là, dit Sadie en riant. Merci de m'avoir aidé à le chercher, Pauline.

Elle sort de derrière le comptoir et la porte de l'ascenseur s'ouvre.

Je monte et appuie sur le bouton du troisième étage. Je ne peux plus voir Sadie depuis ma position dans l'ascenseur. J'ai envie de lui voler un dernier regard, mais je suis sûr que si je reste à l'hôtel, ce n'est pas la dernière fois que je la vois.

Je porte mon sac à provisions avec les quelques articles essentiels jusqu'à ma chambre. De l'extérieur, l'hôtel est chic mais vieux. Mais l'intérieur a été récemment rénové et sent encore la peinture fraîche. La moquette, même dans les couloirs, est encore considérablement pelucheuse.

Je déverrouille la porte de ma chambre. Il y a un seul matelas king size, ce qui est plus que parfait pour mes besoins. J'allume les lumières et ferme brusquement les rideaux, ne voulant pas que quelqu'un puisse voir à l'intérieur. Même au troisième, je ne veux pas prendre le risque que quelqu'un m'observe.

La petite cuisine est équipée d'un réfrigérateur grand format, d'un évier et d'une cuisinière, ce qui est exactement ce dont j'ai besoin jusqu'à ce que je trouve mes prochaines étapes.

Rester à New York est dangereux, mais partir et commencer une nouvelle vie est compliqué, je n'ai rien. Pas de travail. Pas d'accès à des fonds. Je suis baisé. Et je ne peux pas vraiment mettre ce que je faisais pour vivre sur un CV. Il n'y a pas de références à appeler. Putain, je ne peux pas quitter la Bratva vivant.

Sauf que Mikhail et ses hommes croient que je suis mort.

Je m'affale sur le bord du matelas. Ma tête tombe dans mes mains.

J'ai besoin de réponses.

Mikhail ne veut pas me les donner, mais c'est Nikita qui était dans la voiture avec moi. Est-il mort ? Pourrait-il travailler avec Anton ? Nikita trahirait-il Mikhail et la famille ?

Nikita est un homme bon, loyal envers Mikhail, comme moi.

Rien de tout ça n'a de sens.

Je ne peux pas décrocher le téléphone. Je ne veux pas qu'ils sachent où je me cache. C'est déjà bien assez que si je contacte l'un d'entre eux, ils sauront que je suis toujours en vie.

Je laisse le sac de vêtements et d'articles de toilette sur le lit et me dirige vers la porte. Déjà, la pièce m'étouffe. Il faut que je fasse quelque chose. Rester assis une minute de plus ne va pas m'aider.

En reculant la porte, je vois que Sadie se tient de l'autre côté.

— Hé, je ne m'attendais pas à te revoir si tôt, dis-je.

Qu'est-ce qu'elle fait là ?

— Je t'ai apporté des serviettes.

Elle a une pile de serviettes blanches duveteuses dans les mains et un sac d'articles de toilette de l'hôtel.

— Comme tu n'auras pas de service de ménage, j'ai pensé te donner quelques articles essentiels. Il y a aussi une brosse à dents et du dentifrice.

— Tu essaies de me dire quelque chose ?

Elle rit nerveusement et pousse les objets dans mes bras pour les prendre.

— Tu veux entrer ? demandé-je en prenant les serviettes.

Je me tourne pour les porter dans la chambre et les déposer sur le comptoir de la salle de bain.

Sadie n'est pas le moins du monde nerveuse. Elle jette un coup d'œil dans la pièce, probablement pour s'assurer que tout est conforme aux normes qu'elle attend.

— Ce n'est pas nécessaire.

Je sens que quelque chose d'autre lui pèse.

— Qu'est-ce qui se passe ? Tu n'es pas montée ici pour me donner des serviettes.

Il y a probablement déjà quelques serviettes dans la salle de bain.

— J'ai parlé avec l'un des agents de l'hôpital pendant que tu étais en chirurgie.

J'inspire nerveusement et me racle la gorge.

— Et ?

Elle ne m'aurait pas aidé si elle savait quoi que ce soit sur qui je suis ou pour qui je travaille.

— Et rien. Il était aussi évasif que toi.

Elle s'avance plus loin dans ma chambre, fermant la porte derrière elle.

Ses mains sont vides. Il n'y a pas d'arme, mais elle ne semble pas reculer non plus.

A-t-elle l'intention de m'amener ici pour me vendre au cartel, à la mafia ou à la bratva ? Mon instinct me dit qu'elle pourrait être dangereuse, et qu'elle m'a fait venir ici dans son seul intérêt.

Je réponds à son regard par le silence. Je refuse de lui répondre. Pour autant qu'elle le sache, ce que j'ai dit est la vérité. Je ne me souviens pas de ce qui s'est passé. Je préférerais qu'elle pense que j'ai toujours une forme d'amnésie, mais je ne me souviens pas de la fusillade. Le ferai-je un jour ? Je n'en ai aucune idée.

— Difficile de donner beaucoup de réponses quand je ne sais pas qui je suis, dis-je. Je hausse les épaules avec nonchalance, je la regarde et je me rapproche d'elle. Je la domine, envahissant son espace personnel alors qu'elle n'est qu'à quelques centimètres de la porte...Si ça ne te dérange pas, je dois aller quelque part.

— Et c'est où ? demande Sadie. Tu n'as pas d'argent, pas de travail et tu ne connais même pas ton nom.

Ma mâchoire se serre à sa question.

— J'aimerais faire un tour, me vider la tête. C'est un problème ?

— Ta tête a besoin de se reposer, tout comme le reste de ton corps. As-tu oublié qu'on t'a tiré dessus ?

— Difficile d'oublier, murmuré-je dans mon souffle. Mais c'était il y a des semaines. Je vais bien.

Ses mains sont sur ma poitrine, me guidant vers le lit.

— Entre, ordonne-t-elle en tirant sur les couvertures.

— Ce n'est même pas l'heure de se coucher.

Elle n'est pas sérieuse. Je ne reçois pas d'ordre d'elle.

— Tu as quitté l'hôpital contre l'avis du médecin. Tu devrais te reposer jusqu'au dîner.

— Comment sais-tu que c'était contre les ordres ?

Ce n'est pas comme si j'avais signé ma sortie de l'hôpital. J'ai fait le mur avant que quelqu'un ne le remarque.

Elle me lance un regard qui me transperce l'âme et me fait me déplacer sans ménagement.

— Je vais y aller doucement, à une condition.

— Et c'est quoi ? demande-t-elle.

— Tu joues à l'infirmière, et je reste au lit.

Je doute qu'elle soit intéressée. C'est une bonne Samaritaine, qui se surpasse. Peut-être qu'elle aime aider les gens dans la vie parce que c'est une bonne personne. Je n'en sais rien. Je ne suis pas devin.

— Je ne sais pas quel fantasme tu as dans ta tête brisée et meurtrie, mais je ne vais pas porter une tenue d'infirmière et te dorloter comme un enfant.

— Dommage, dis-je.

Je souris. Elle serait sublime dans une courte jupe blanche qui couvrirait à peine ses fesses.

— Efface ce sourire suffisant de ton visage. Je dois sortir, mais je reviendrai plus tard pour voir comment tu vas et t'apporter le dîner. Mais pas parce que je suis ton infirmière. Je ne le suis pas.

Sadie se retire vers la porte. Sa lèvre inférieure est coincée entre ses dents.

— Repose-toi un peu, ajoute-t-elle.

— Ok, patronne, plaisanté-je.

Elle n'est pas le moins du monde intimidante.

TROIS

SADIE

Avant de m'arrêter pour récupérer du chinois à emporter, je me dirige vers mon appartement pour laisser sortir mon chiot. Allie est de retour de son camp d'été mais passe la journée chez son amie.

En m'arrêtant chez moi, je prends la laisse, je l'attache au collier violet de Kona et je descends avec elle.

Si l'hôtel n'était pas strict sur sa politique d'interdiction des chiens, je l'emmènerais avec moi pour aller chercher le dîner.

En moins de vingt minutes, Kona est promenée et nourrie. J'ai passé une commande pour un plat à emporter. Je ne sais pas ce qu'il mange, encore moins son nom. Suis-je censé l'appeler John, comme dans John Doe ? Je commande plusieurs plats différents. Il peut garder les restes et avoir la nourriture pour le déjeuner et le dîner les deux prochaines nuits jusqu'à ce que les choses se calment.

Je n'arrive pas à comprendre ce qu'il vit, ne sachant pas qui il est ni où est sa place. Mon estomac est noué par la lourdeur de la situation. Au moins, j'ai Allie. Si quelque chose m'arrivait et que je disparaissais, elle me chercherait. Elle appellerait probablement ma sœur, Ellie, et elles contacteraient tous les hôpitaux, les morgues et les journaux locaux pour savoir où je suis.

N'avoir personne doit être la solitude absolue.

Je jette un coup d'œil au casque qui se charge à côté de la télévision. Allie n'a pas le droit de le prendre avec elle pour les soirées pyjama. Quand elle joue à des jeux multijoueur en ligne, elle doit être surveillée par un adulte. Règles de la maison. J'ai le plaisir de regarder ses jeux sur mon téléphone et de passer du temps avec elle dans le salon pour m'assurer qu'elle fait preuve d'intelligence et de prudence dans les informations qu'elle donne à des inconnus en ligne.

Je fais confiance à Allie. Ce sont les autres sales types en ligne le problème.

Je donne à Kona quelques caresses et friandises supplémentaires avant de me rendre au restaurant pour prendre le dîner. Je devrais laisser l'étranger, John, tranquille. Je ne suis même pas sûre qu'il veuille de mon aide, mais je ne peux pas m'empêcher de prendre le dîner et de me présenter devant sa porte.

En frappant fermement, j'attends qu'il déverrouille la porte et m'autorise à entrer.

Il ouvre et me regarde.

— Tu as apporté le dîner.

— J'ai dit que je le ferais, dis-je en passant la porte ouverte et en le dépassant.

— Entre, dit-il dans son souffle.

J'ignore sa remarque. Il est probablement grincheux après six semaines de coma. Je suis sûre que je le serais aussi. J'entre dans la kitchenette et dépose le sac en papier rempli du dîner sur la table.

— Je n'étais pas sûre de ce que tu manges, alors j'ai acheté pas mal de choses. Ce que tu ne finis pas, mets-le dans le frigo, et tu auras un repas pour demain et le jour suivant.

— Tu ne restes pas.

Ce n'est pas une question, et je ne peux pas dire si c'est de la déception ou du soulagement. Il m'a rendu impossible de lire son langage corporel ou son ton.

— Je dois retourner avec Kona.

Et alors que j'avais l'intention de le rejoindre pour dîner, il y a quelque chose chez lui, une obscurité qui tourbillonne autour de lui, qui me rend nerveuse.

— Kona, comme à Hawaii ? dit-il, les sourcils froncés. C'est très loin de New York.

— Mon chien, Kona, dis-je avant de m'éclaircir la gorge.

— Assieds-toi.

Ses mots sont un ordre, il tire une chaise vide et me fait signe de la prendre.

J'ouvre la bouche pour objecter. Je ne suis pas un chien. Je ne prends pas les commandes verbales comme des ordres.

— Je ne veux pas dépasser la durée de mon accueil.

— Je t'ai invité à t'asseoir.

Je m'exécute, ne serait-ce que parce que j'ai apporté le dîner et que je me réjouis du repas qui m'attend. Nous nous asseyons et mangeons. Il y a un calme plat dans la pièce. J'utilise les baguettes en bois tandis que l'homme mystérieux assis en face de moi se sert d'une fourchette.

— Tu n'avais pas mentionné avoir un animal de compagnie. Quel genre de chien as-tu ?

— Un berger australien.

— J'aimerais le ou la rencontrer.

— Elle, dis-je.

J'attrape mon verre d'eau qu'il a posé sur la table. J'en prends une gorgée, et mon regard se fixe sur le sien.

— Tu ne te souviens toujours pas de ce qui s'est passé avant la fusillade ? demandé-je.

— Rien.

Il se déplace mal à l'aise sur son siège et fait craquer son cou d'un côté à l'autre avec une grimace.

Pourquoi ai-je l'impression qu'il me cache quelque chose ?

— Eh bien, je dois bien t'appeler par quelque chose. Si tu ne te souviens pas de ton nom, l'hôpital t'a inscrit sous le nom de John Doe.

Sa lèvre supérieure exprime son dégoût.

— Ce n'est pas mon nom.

— Évidemment, dis-je en roulant des yeux. Mais tu as besoin d'un nom, et Bearded Bad Boy ne semble pas approprié.

Ses yeux s'élargissent. Il y a un soupçon de reconnaissance, et pour un homme qui est censé ne se souvenir de rien, je ne peux m'empêcher de me demander s'il m'a caché la vérité ou si un souvenir a refait surface.

Ou alors, il se pourrait que je lui aie simplement donné un surnom qu'il trouve insultant.

— Comment tu m'as appelé ?

— Bearded Bad Boy, dis-je, comme si c'était une phrase que je venais d'inventer.

Son regard est de pierre alors qu'il fixe directement mon âme.

Je refuse de flancher ou de me cacher. C'est lui qui insiste sur le fait qu'il ne sait pas qui il est.

— C'est un choix intéressant.

Je prends une autre bouchée du dîner, en jetant un coup d'œil à mon assiette, évitant son regard brûlant. De quoi se souvient-il ? Ça ne peut pas être une coïncidence, sa rudesse avec ma remarque.

— Ouais, juste un nom que j'ai entendu et qui semble te correspondre.

Je ne précise pas où j'ai entendu ce nom.

Sa mâchoire est serrée, il attrape son verre d'eau et en boit une petite gorgée.

— Tu penses que je suis un mauvais garçon ?

Je fais un geste vers son bras.

— Les tatouages sont très révélateurs. Te souviens-tu de la signification de l'un d'entre eux ?

J'ai envie de lui parler du tatouage d'étoile sur sa poitrine, le même que j'ai vu.

— Est-ce que je me souviens pourquoi j'ai de l'encre sur mes bras ? Non, répond-il. Tout comme je ne me souviens pas de mon nom. Mais je suis certain que ce n'est pas Bearded Bad Boy.

Il prend encore plusieurs bouchées de nourriture, mais j'ai la nette impression que c'est pour me montrer qu'il a fini de parler, au moins de son nom.

Pourquoi s'acharner sur ce surnom ? C'est lui, et il se souvient de quelque chose de louche ou de sinistre de son passé ?

Il finit de manger avant moi et commence à débarrasser la vaisselle et à mettre les restes de repas dans le réfrigérateur. C'est comme s'il me disait qu'il est temps pour moi de finir et de partir sans dire un mot.

Après avoir mangé, je débarrasse ma vaisselle et rince celle qui reste dans l'évier avant de charger le lave-vaisselle.

— Je devrais y aller.

Il n'a pas l'air de vouloir que je traîne dans le coin, et je l'ai insulté, que ce soit intentionnel ou non.

Sa mâchoire reste tendue alors qu'il m'accompagne vers la porte.

— Merci pour tout ce que tu as fait. Mais ce n'est pas nécessaire.

— Je dirais qu'avoir un toit au-dessus de ta tête est nécessaire. La météo prévoit de la pluie ce soir. De rien.

Il pousse un soupir et ouvre la porte.

— J'apprécie tout ce que tu as fait pour moi...

Il y a un silence qui suit. A-t-il oublié mon nom, ou est-ce autre chose ? Je choisis de lui rappeler mon nom. Il a été dans le coma. Je ne lui en voudrais pas d'avoir oublié qui je suis.

— C'est Sadie.

— Je sais. Je ne t'oublierais jamais, murmure-t-il.

La rudesse se dissipe comme la fumée qui s'échappe d'une fenêtre ouverte.

— Bien sûr que non, tu n'as oublié que toi-même.

Je souris, essayant de faire une blague. Elle est mauvaise, et il ne rit pas.

Probablement parce que c'est vrai et douloureux.

— Où as-tu trouvé ce surnom amusant pour moi ?

Il tient la porte ouverte, et je reste debout dans l'entrée, attendant de partir. Je devrais me sauver avant d'avouer le raisonnement le plus stupide et le plus ridicule pour le petit nom que je lui ai accordé.

— C'est ridicule, dis-je en temporisant.

Pourquoi faut-il qu'il mette ça sur le tapis ?

— Tu ne l'as pas inventé de toutes pièces

Est-ce qu'il le sait ? Pourrait-il se souvenir du passé ? Je doute que si c'est le cas, il se souvienne d'un semblant de moi. Et ça va loin pour moi de penser que le Bad Boy barbu du monde VR, c'est lui.

— Ma nièce a un jeu vidéo auquel elle aime jouer avec d'autres personnes. Un de ces joueurs est

Bearded Bad Boy barbu, dis-je. Tu es juste... le nom semblait approprié.

Ses yeux se plissent avec l'ombre d'un sourire.

— C'est vrai ?

Je lui montre la porte qui reste ouverte.

— Je devrais y aller, dis-je.

Il m'a clairement fait comprendre qu'il me demandait de partir, en m'escortant jusqu'à la porte. De plus, c'est un étranger. Qu'est-ce que je sais de lui ? Il pourrait être un meurtrier, et je pourrais être sa prochaine cible. Se faire tirer dessus dans la forêt et être laissé pour mort pourrait être un avertissement.

— Je te verrai dans le coin, Sadie.

La façon dont il dit mon nom me fait palpiter l'estomac comme si j'étais au collège. Sauf que cette fois, j'aide un homme dont je ne sais rien. Si j'en parlais à quelqu'un, il me dirait de rester à l'écart. Il est dangereux ou, au moins, impliqué avec des hommes qui veulent sa mort.

———

— Sadie !

J'arrive au travail deux jours plus tard, et mon patron, Connor, me fait signe de le rejoindre dans son bureau.

Intérieurement, je grimace. Mon estomac se retourne, et je suis remplie d'appréhension. Je traîne les pieds en entrant dans son bureau.

— Ferme la porte, dit-il.

— Quelque chose ne va pas, monsieur ?

— Peux-tu expliquer pourquoi un client occupe une des chambres marquées dans notre système comme étant indisponibles ?

— Je ne vois pas ce que vous voulez dire.

Je garde mes mains sur les côtés et fais de mon mieux pour ne pas remuer ou paraître coupable. Ce que j'ai fait n'était pas si mal. Il y a des crimes plus graves à commettre. J'ai aidé un gars. Nous avions une chambre vide à l'hôtel.

— Tu as enregistré un client dans une chambre qui avait besoin de réparations. Ce matin, j'ai demandé à un membre de notre équipe de maintenance d'inspecter la chambre puisque tu n'as pas dit ce qui rendait la chambre indisponible. Imagine ma surprise quand j'ai découvert qu'un client occupait cette chambre.

J'ouvre la bouche et la ferme rapidement.

— Je dois avoir...

Connor tend la main, m'empêchant de creuser ma propre tombe.

— Je ne sais pas ce que tu manigances, mais il était clair que le monsieur en question n'avait pas de réservation de chambre et n'est nulle part dans notre système. Tu es virée.

— Quoi ? haleté-je.

Mon estomac se noue, et mes mains tremblent à mes côtés.

— Monsieur, je peux vous expliquer.

— Je me fiche de l'explication que tu as pour ce que tu as fait, mais en ce qui me concerne, c'est du vol. Tu as de la chance qu'on ne t'inculpe pas et qu'on te renvoie de la propriété. Rassemble tes affaires et pars.

— C'était juste une erreur, dis-je en essayant de justifier l'invité dans la chambre marquée comme indisponible et nécessitant des réparations.

— Sors, mugit sa voix, et un frisson me traverse.

Je me dirige vers la porte, ma main sur la poignée métallique.

— A moins que tu ne veuilles m'offrir les mêmes services que ceux que tu as offerts au gentleman hier soir.

— Excusez-moi ?

Soudainement, être viré ne semble pas si mal.

— Nous avons des caméras, Sadie. Tu es allée dans sa chambre d'hôtel deux fois hier. Tu ne peux pas me dire que ce n'était pas un plan cul.

— Allez-vous faire foutre.

J'ouvre d'un coup sec la porte de son bureau et je sors en trébuchant. Il n'y a aucune raison de m'expliquer à Connor. C'est un porc.

Je serre mon sac à main dans ma main et je me précipite hors de l'hôtel par l'entrée principale, en direction du parking.

Comment ose-t-il insinuer que j'amène de la clientèle pour le sexe et suggérer que je fasse la même chose pour lui ? Quel culot !

———

— Merci d'être venue.

Le tabouret de bar pivote sous mon poids alors que je commande une autre tournée.

— Désolée, je n'ai pas pu venir plus tôt.

Elle fait un geste vers la bague, indiquant que son mari est à blâmer. Ils ont eu des débuts difficiles, les deux premières années de mariage, et je ne vois pas comment ça pourrait s'améliorer pour elle. Son mari est un connard narcissique. Je n'arrête pas de lui dire de le quitter. Elle peut rester avec Allie et moi, mais ce n'est pas comme si on avait beaucoup de place. Elle squatterait le canapé.

— Je vais prendre la même chose qu'elle, dit Clare, en prenant le siège à côté de moi, s'appuyant dessus. Qu'est-ce qu'il y a ?

— J'ai été virée.

Je prends le verre et le descend en un instant. J'ai déjà bu trois verres. Ou c'était quatre ?

— Connor est un vrai connard de patron.

Clare sait déjà que j'ai perdu mon travail. Je lui ai envoyé un message pour lui dire que j'avais besoin d'elle au bar avec moi dès que possible.

Allie passe la nuit avec la voisine, donc au moins je n'ai pas à m'inquiéter qu'elle me voie ivre en rentrant.

Le barman nous verse à chacune un verre.

— Aux hommes qui sont des connards dans nos vies, dit Clare.

Clare et moi faisons tinter nos verres.

Je rigole dans mon souffle. Elle n'a pas tort.

— Ce connard de Connor, je jure que s'il entre ici, je lui mettrais un genou dans l'aine et je lui jetterais une bouteille de tequila dessus.

Il me dégoûte. Je ne suis pas totalement innocente parce que j'ai caché un étranger dans une des chambres d'hôtel, mais ce n'est pas comme si c'était un criminel recherché. Et on ne faisait pas l'amour. Quel culot de le suggérer !

— Ce serait un gaspillage de très bonne tequila, dit Clare. Mais je comprends ton point de vue. Il ne mérite pas de travailler à l'hôtel. Tu ne m'avais pas dit qu'il a eu ce poste que parce que sa famille possède la chaîne d'hôtels ?

— Son frère Levi a hérité du Luxenberg. La rumeur dit qu'il se sentait mal pour Connor, alors il lui a donné un rôle de direction dans un des hôtels de New York.

— Eh bien, il aurait dû le virer.

Mon sang bouillonne, et je fais de nouveau signe au barman.

— Tu devrais peut-être ralentir, dit le Bad Boy barbu en s'approchant.

Il porte un t-shirt foncé et un jean bleu qui le serre juste comme il faut. Mes yeux s'attardent plus longtemps qu'ils ne devraient. Est-ce qu'il le remarque ?

— Qu'est-ce que tu fais ici ? Tu me suis ?

Il souffle et s'appuie contre le bar.

— Non. Je finissais juste quelques affaires, vu que j'ai besoin d'un nouvel endroit pour dormir.

— Je suis Clare, dit mon amie en tendant la main.

Elle arbore un énorme sourire et jette un regard entre lui et moi.

— Et tu es ?

— Il s'en va, dis-je.

— Tu n'es pas obligé, rétorque Clare.

La fille ne sait pas quand elle doit se taire.

— Je suis désolée, mon amie a juste passé une mauvaise journée. Son patron est un connard, et elle a été virée de son travail.

— Il t'a virée ? s'exclama le Bad Boy barbu.

Je jure que je l'entends grogner dans son souffle. Sa lèvre supérieure tressaute.

— Je vais le tuer.

Et autant j'aimerais voir Connor se faire tabasser et sortir de l'équation, autant je n'ai pas besoin que quelqu'un se porte garant pour moi ou mon honneur.

— Ce n'est pas nécessaire. C'était juste un travail à la con. Je peux en trouver un autre.

— Peut-être qu'elle peut venir et travailler pour toi, dit Clare avec un sourire en coin. Et tu es ?

La fille est tenace. Je ne lui ai jamais parlé de la fusillade dans la forêt ou de l'inconnu à l'hôpital. On ne se voit pas assez souvent. Je ne devrais pas l'appeler pour me défouler, mais j'ai besoin de quelqu'un pour m'aider à me remettre les idées en place et m'assurer que je ne tombe pas dans le lit d'un type quelconque au bar.

Clare est généralement la plus raisonnable, du moins quand il s'agit de boire.

— Dmitri.

— Tu te souviens de ton nom ?

Je ne peux pas cacher l'excitation qui bouillonne en moi.

— Je me souviens de certaines choses, dit-il, sans en dire plus.

Clare jette un regard de Dmitri à moi.

— Tu avais oublié qui tu étais ?

— C'est une longue histoire, dis-je, sans obliger Dmitri à la partager avec Clare s'il ne le souhaite pas.

Elle descend le deuxième shot qu'elle a commandé pendant que le barman fait une autre tournée.

— Je reviens. Je vais aux toilettes.

Clare quitte le bar en traînant les pieds et passe devant Dmitri, nous laissant tous les deux seuls.

— Je devrais aller avec elle, dis-je.

La main de Dmitri tombe sur mon bras.

— Parce que tu dois y aller, ou parce que tu ne veux pas rester seule avec moi ?

Je me pince les lèvres et je réalise qu'il a raison.

— Je ne suis pas en colère si c'est ce que tu te demandes.

— Donc, c'est à cause de moi que tu as été virée, dit Dmitri.

Ses sourcils sont froncés, et sa main se détache de mon bras, formant des poings sur ses côtés. Les muscles de ses bras se contractent, les veines se gonflent alors que la colère semble remonter à la surface.

— Ce n'est rien, dis-je en faisant abstraction de la situation. J'aurais dû chercher un autre emploi. Connor, mon patron, est un idiot. Il n'a ce poste que parce que son frère possède la chaîne d'hôtels.

— Connor doit être le petit homme chauve aux sourcils touffus et aux poils d'oreille ?

Je glousse, et Dmitri m'arrache un sourire.

— Je n'avais pas remarqué les poils d'oreille.

— Comment as-tu pu ne pas les remarquer ? demande-t-il, les yeux écarquillés.

— C'était assez repoussant, et je ne peux qu'imaginer qu'ils s'agitent dans le vent dehors et lui donnent peut-être même des ailes.

— Les porcs n'ont pas d'ailes.

Dmitri rit et tend la main vers le shot que le barman apporte, me le volant.

— Tu as assez bu.

Mes épaules s'affaissent en signe de défaite.

— Bien. Tu me ramèneras chez moi à la fin de la soirée ?

Je ne suis pas sérieuse dans ma demande. Cet homme ne me doit rien.

— Je vais prendre tes clés, dit Dmitri, le ton ferme.

Il ne plaisante pas.

— Tu ne prendras pas le volant en état d'ébriété.

Clare revient des toilettes et se glisse devant Dmitri, reprenant sa position sur le tabouret de bar.

— Merci d'avoir gardé ma place. Qu'est-ce que j'ai manqué ?

Elle est tout sourire, les joues roses et rougies par les deux verres qu'elle a pris depuis son arrivée au club.

La musique pulse dans le petit espace.

— On devrait danser, dit Clare.

Elle glisse facilement du tabouret de bar. Elle attrape mon bras et me tire de mon siège.

La pièce oscille, et je trébuche dans les bras de Dmitri. Ou peut-être s'est-il interposé pour m'empêcher de tomber. Je ne suis pas sûre.

— Tu tiens à peine debout, dit Dmitri.

— Parce que tu ne me laisses pas faire.

Il relâche sa prise sur mes bras, mais ses mains sont juste à côté de mes hanches.

— Elle va bien. Je m'en occupe, dit Clare.

Elle attrape mon bras et me traîne sur la piste de danse.

Dmitri nous regarde, adossé au bar en bois. Il croise ses bras sur sa poitrine. Son sourcil est serré alors qu'il nous regarde danser.

— Tu ressens quelque chose pour Dmitri ? crie Clare par-dessus la musique.

Mes joues brûlent et mes yeux s'écarquillent, mais il est suffisamment loin pour que je doute qu'il puisse entendre sa question. Du moins, j'espère qu'il ne peut pas.

— Quoi ? Non, dis-je un peu trop vite. On est juste amis.

Je ne suis pas sûr que nous soyons amis, mais je l'ai aidé, et il me dit ce que je peux et ne peux pas faire ce soir. Non pas que j'avais l'intention de rentrer en voiture. J'allais prendre le métro, mais quand même, je n'aime pas que quelqu'un me donne des ordres.

— Eh bien, il est en train de regarder ton cul.

Clare sourit et lui fait un signe de la main pour lui faire savoir qu'elle l'a surpris en train de le fixer.

— Il est probablement en train de te mater, murmuré-je.

Clare a toujours eu un talent pour attirer le regard d'un homme et garder son attention.

Ce n'est pas mon cas. Je suis la fille avec qui tout le monde veut être ami, la fille d'à côté. Ça craint.

Non pas que je veuille m'attacher, mais ça ne me dérangerait pas de me poser avec le bon homme. Mais c'est un fantasme. J'ai Allie. Elle est ma priorité. Les hommes compliquent les choses. Enfin, plutôt, les relations compliquent les choses.

— Non, il t'aime bien, dit Clare. Tu devrais danser avec lui.

Je gémis.

— Je ne vais pas faire ça.

— Et pourquoi pas ? demande-t-elle.

Cette fille ne peut pas comprendre qu'il y a des choses dont je ne veux pas parler.

— Au moins, fais des galipettes avec lui.

— Pardon ?

Je ris à sa suggestion.

— Allez. C'est quand la dernière fois que tu as couché avec un homme ?

Elle lève la main.

— Tu n'es pas obligée de répondre, mais réfléchis-y. Tu as beaucoup de frustration refoulée depuis ce qui s'est passé aujourd'hui, et il peut répondre à tes besoins.

Clare lui fait signe avec un large sourire sur le visage.

— Elle veut te baiser ! essaye-t-elle de crier par-dessus la musique.

Je suis reconnaissante qu'il ne puisse pas entendre ce qu'elle dit. Espérons qu'il ne puisse pas lire sur les lèvres, non plus.

— Tu es diabolique !

Je devrais être en colère contre Clare, mais je ne le suis pas.

Dmitri se pavane sur la piste de danse. Ses yeux sont chauds. Ils se plissent vers le haut quand il sourit subtilement.

— C'était quoi ça ? demande-t-il.

Et même s'il a compris ce que Clare a dit, il est plus gentleman que la plupart des hommes.

— Danse avec moi, dis-je.

Clare me pousse vers lui, sa main dans mon dos. Mes bras s'enroulent autour de son cou, et ses mains sont à ma taille, me stabilisant alors que la pièce tourne. Même si je voulais l'emmener chez moi et l'inviter dans mon lit, je doute que quelque chose se passe. Il n'y a rien de sexy à ramener chez soi une femme ivre qui tient à peine sur ses deux pieds.

— Ce serait avec plaisir, dit Dmitri en me rapprochant et en me serrant contre lui.

Son souffle chatouille mon oreille alors qu'il se penche pour murmurer :

— Ton amie vient-elle de me dire qu'elle veut me baiser ?

Je tousse et m'étouffe sur ses mots.

— Non, couiné-je, à moitié reconnaissante qu'il ait mal interprété ses mots.

— Ok, bien. Parce qu'elle n'est pas mon genre.

— Intelligente, drôle et belle n'est pas ton genre ? demandé-je, en levant les yeux vers lui. C'est dommage.

— Non, ça l'est, mais ce n'est pas celle qui m'intéresse, murmure Dmitri.

Je frissonne et il me serre plus fort contre lui. Sa main se pose sur le bas de mon dos, et par de doux mouvements, il caresse ma peau, glissant ses doigts sous l'ourlet de ma chemise.

Sur la pointe des pieds, je tire Dmitri vers le bas, voulant embrasser, goûter et dévorer chaque centimètre de lui.

Il se retire et s'éclaircit la gorge.

— Il est tard. Tu as plus qu'assez bu. Je devrais te ramener à la maison.

— Si tu n'es pas intéressé, tout ce que tu as à faire c'est de le dire.

Je me dégage de son emprise.

Les yeux de Dmitri se crispent, et sa mâchoire est tendue.

— On devrait proposer à Clare de la raccompagner chez elle.

Il est beaucoup plus un gentleman que je ne l'aurais pensé.

— Inquiet d'être seul dans la voiture avec moi ?

— Je suis inquiet de laisser ton amie au bar, seule, avec des dizaines d'hommes qui cherchent à profiter d'une jolie jeune femme.

Ses mots me brûlent.

— Si tu l'aimes tant que ça, tu la ramènes chez toi.

Je m'éloigne de lui et me dirige vers les toilettes.

La pièce vacille sous mes pas et Dmitri me fait pivoter pour me mettre face à lui, ses mains fermes sur mes épaules.

— Pourquoi veux-tu te battre avec moi ?

— Je n'ai pas besoin de ta pitié.

Je croise mes bras sur ma poitrine, dressant toutes les barrières autour de moi et de mon cœur.

— Tu crois que c'est ce que je fais, avoir pitié de toi ? Pour quoi ? Avoir perdu ton travail ?

Je ne suis pas venue au bar ce soir pour trouver Dmitri et me battre avec lui.

— Je rentre à la maison, dis-je.

Je m'éloigne de lui en direction de Clare.

— On part ? demande-t-elle en me jetant un coup d'œil, semblant avoir entendu un peu de la conversation. Ou alors elle est très maligne.

— Oui.

J'attrape son bras, liant les nôtres ensemble.

— Métro ou taxi ? demande Clare.

Je n'ai pas conduit ce soir. J'ai déposé ma voiture à mon appartement et j'ai pris le métro jusqu'ici.

—Métro. Comment es-tu venue ici ?

— Pareil, mais je prends un taxi pour rentrer.

Dmitri est juste derrière nous, suivant chaque étape du chemin. Il ouvre la porte pour Clare, et nous nous glissons ensemble par l'entrée principale. Elle lève un bras, hélant un taxi. Il faut une minute avant qu'il y en ait un qui s'arrête au coin de la rue.

— Tu veux venir ? demanda-t-elle.

Dmitri s'avance vers le taxi.

— Je vais la ramener chez elle en toute sécurité.

Clare me fixe d'un regard silencieux, attendant mon acceptation.

— Ça va aller.

— Envoie-moi un message quand tu rentres et amuse-toi bien, dit Clare avec un signe de la main, en se traînant à l'arrière du taxi.

Dmitri ferme la porte arrière pour elle une fois qu'elle est à l'intérieur.

— Taxi ou métro ? demande-t-il.

— Je prends le métro.

Je descends le trottoir, et il est juste à ma hauteur, comme une ombre qui ne veut pas disparaître.

— Moi aussi, dit Dmitri.

Il me suit sur deux blocs et descend les escaliers.

— Ça va aller.

J'insiste sur le fait qu'il n'a pas besoin de m'accompagner si c'est ce qu'il fait.

Je devrais peut-être m'inquiéter qu'il me suive, mais il pourrait rapidement prendre la direction opposée lorsque nous nous dirigerons vers l'intérieur, ou prendre un autre train.

— Bien sûr. Et si je te raccompagnais chez toi ?

Son bras tombe autour de ma taille, me tenant proche de son corps. Pour un homme qui a clairement fait savoir qu'il n'était pas intéressé par moi, je ne peux m'empêcher de me demander pourquoi il est blotti contre ma hanche.

A-t-il peur que je trouve quelqu'un d'autre avec qui rentrer à la maison ?

Essaie-t-il de me faire sienne ?

Je me dirige vers le quai, et il est à mes côtés. Il ne peut pas retourner à l'hôtel sans payer une chambre.

— Je n'ai pas besoin d'un garde du corps.

— Quand bien même, je me sentirais plus à l'aise en m'assurant que tu rentres chez toi.

Je le regarde. Des tatouages couvrent ses bras et ressortent sous sa chemise au niveau du cou. Je trébuche, et il me serre contre lui, m'empêchant de tomber sur le visage ou, pire, sur les rails du train.

— Exactement. Je ne prendrai pas non pour une réponse.

Il est ferme dans sa décision.

Je ne discute pas. Mon corps se balance lorsque le train arrive, et il m'aide à monter à bord. Il se tient derrière moi, un bras autour de ma taille, l'autre tenant la barre métallique alors que nous sommes debout dans le train.

Les portes se ferment, et je manque de tomber sur le cul. Heureusement, Dmitri est blotti contre mes fesses et me protège. Son emprise sur moi se resserre.

— Ne pense pas une seconde que je ne te trouve pas attirante, Malishka, murmure-t-il. Je dois faire preuve de beaucoup de sang-froid pour ne pas me pencher sur toi et te baiser devant tout le monde.

Mon souffle se bloque dans ma gorge. Il est peu probable que quelqu'un d'autre ait entendu ce qu'il a dit, mais j'ai entendu chaque mot, comme il le voulait.

Le train est chaud alors que nous passons plusieurs arrêts avant d'atteindre notre destination.

— Tu m'accompagnes jusqu'à ma porte d'entrée ?

— C'est le plan.

Il m'accompagne hors du train et sur le quai où nous nous dirigeons vers l'escalator.

Il est à mes côtés. Son bras s'enroule autour de ma hanche et il me tient serrée contre lui. Il y a une chaleur qu'il dégage, ou peut-être l'alcool qui m'a rendue chaude à l'intérieur, en plus de sa présence.

Je le guide jusqu'à mon appartement. La marche depuis le métro est de quelques rues, et il est tard. Je n'admets pas que je suis reconnaissante pour la compagnie alors que je me balance sur mes pieds. Dmitri me tient droite et en équilibre.

Je déverrouille l'entrée principale du complexe d'appartements, et il m'accompagne dans l'ascenseur.

— Tu n'as pas besoin de m'accompagner à l'intérieur. Je suis en sécurité maintenant.

— Quel étage ? demande-t-il en se tenant devant le panneau de l'ascenseur.

— Six.

Il appuie sur le bouton du sixième étage, et après la fermeture des portes, j'appuie sur les boutons de tous les autres étages au-dessus de six.

— Tu es un monstre, plaisante-t-il.

C'est le milieu de la nuit. Combien de personnes prennent l'ascenseur à cette heure-ci ?

— Je sais.

Je me penche sur Dmitri pendant que l'ascenseur monte, et nous atteignons le sixième étage.

Les doubles portes s'ouvrent, et je manipule mon sac à main, en extrayant mes clés tout en sortant de l'ascenseur. Il est juste à côté de moi à chaque étape du chemin.

Attend-il que je l'invite à entrer ? J'enfonce la clé dans la serrure et je me retourne, l'attrape par la chemise, le tire contre moi, mes lèvres s'écrasant sur les siennes. N'est-ce pas pour ça qu'il est là ?

— Sadie, murmure-t-il, la voix rauque et gutturale alors que ses lèvres se posent sur mon cou.

Il y a une chaleur qui tourbillonne, me donnant envie d'arracher mes vêtements en sa présence.

J'étouffe, et ses lèvres ne font que me faire fondre davantage dans le couloir. J'attrape la poignée de la porte derrière moi et je me glisse à l'intérieur.

Il est juste à côté de moi, tout comme Kona, qui saute et aboie d'excitation à ma présence.

Ou peut-être qu'elle me prévient du nouveau venu qui m'accompagne.

— Bonjour, grogne-t-il en fermant la porte d'un coup de pied et en étant repoussé contre l'entrée. Kona bondit, deux pattes sur sa poitrine, reniflant et décidant s'il est digne d'entrer. Il est momentanément surpris, et je ne peux pas dire s'il aime les chiens ou les méprise. En tout cas, il ne semble pas avoir peur.

— Kona, assis, dis-je.

Elle relâche sa prise sur Dmitri et recule, s'asseyant près de la porte d'entrée, le regardant fixement. Sa queue remue, ce qui montre bien qu'elle est amicale et non menaçante.

Je regarde Dmitri par-dessus mon épaule en allumant les lumières et en grimaçant à cause de la luminosité.

Il se penche au niveau de Kona et câline ma fille.

— Tu es un homme à chiens, dis-je en jetant un coup d'œil à Dmitri, car Kona s'est prise d'affection pour lui.

Je n'ose pas admettre que je suis jalouse qu'elle ait gagné son attention ce soir. J'avais momentanément oublié Kona et je l'avais imaginé claquant la porte et me baisant contre elle.

Je suppose que ce n'est pas près d'arriver.

Pas de bol.

— Enfant, j'ai eu un chien de sauvetage quand on a déménagé en Amérique.

Je suis curieux de savoir de quoi d'autre il se souvient. Est-ce que tous ses souvenirs sont revenus ? J'allume la lumière de la cuisine.

— Je peux t'offrir quelque chose à boire ?

Dmitri secoue la tête, ses yeux sur moi alors qu'il se lève et me suit dans la cuisine.

— Non, ça va.

Kona nous accompagne, mais elle est plus calme et détendue maintenant qu'elle a flairé Dmitri et décidé qu'il est le bienvenu ici.

— Est-ce que ça va ? demandé-je, en faisant un pas vers lui. J'oscille légèrement, et il se tend, ses mains sur mes hanches, pour me stabiliser.

Je préfère penser qu'il veut m'embrasser, qu'il a envie de moi, et qu'il ne s'agit pas d'un simple geste chevaleresque. Peut-être qu'il sent qu'il doit me retourner la faveur après que je l'ai aidé. Ou peut-être qu'il veut quelque chose, comme un endroit où passer la nuit puisqu'il s'est fait virer de la chambre d'hôtel.

Ses sourcils se contractent alors qu'il me fixe profondément dans le regard.

— On devrait te mettre au lit. Il est largement l'heure de te coucher.

— Tu ne sais pas à quelle heure je me couche.

Il acquiesce.

— C'est vrai, mais tu es en train de tomber. Il est tard, et tu as besoin de repos.

— Je ne suis pas ivre, rétorqué-je en échappant à son emprise et en sortant de la cuisine.

Ses mains saisissent mes hanches par derrière. Il est chaud et fort, blotti contre moi.

— Tu as beaucoup bu, Malishka.

Je m'arrête de marcher le temps de me délecter de la sensation de ses bras enroulés autour de moi.

— Qu'est-ce que ça veut dire ?

— Conduis-moi à ta chambre. Je vais te border dans ton lit.

J'indique paresseusement la porte du couloir et il m'escorte jusqu'à la chambre.

— Lumière dans le couloir et la cuisine, dis-je.

— Je m'en occupe.

Il relâche son emprise et se dépêche d'éteindre les autres lumières pendant que je trébuche dans le lit. J'enlève mes talons, les jette par terre, et me glisse sous les couvertures. Le lit est doux, pelucheux, et parfait lorsque ma tête touche l'oreiller.

Je n'ai pas de chambre d'amis. La deuxième chambre est celle d'Allie. Même si j'avais une chambre d'amis, je ne voudrais pas que Dmitri y dorme.

— Reste, chuchoté-je.

La pièce est dans le noir absolu, et je ne peux pas voir Dmitri s'il est là. Au bout d'un moment, il doit entrer car ses pas ne sont pas le moins du monde silencieux.

— Reste, répété-je, au cas où il ne m'aurait pas entendu tout à l'heure.

— Je ne veux pas m'imposer.

— Grimpe juste dans le lit.

— Autoritaire, plaisante-t-il.

J'entends ses chaussures frapper sur le sol. Le lit s'incline une minute plus tard, et les draps bruissent alors qu'il s'installe confortablement.

Je roule sur le côté, frôlant son bras tout en lui faisant face. Je lutte pour garder les yeux ouverts et rester éveillée.

Il est allongé sur le dos, complètement immobile. Il est bien plus gentleman que je ne le pensais.

— Tu aimes les hommes ? demandé-je.

— Pardon ? s'étouffe-t-il.

— Tu es allongé à côté de moi dans le lit et tu n'as pas essayé de me peloter. Je ne peux m'empêcher de penser que c'est parce que je ne t'attire pas. Préfère-tu la compagnie des hommes ?

Un rire s'échappe de sa gorge, et le lit s'incline alors qu'il se roule sur le côté. Mes yeux se sont adaptés à l'obscurité, et je peux distinguer ses traits lorsqu'il me regarde fixement.

— Les choses que je veux te faire sont probablement illégales dans au moins dix États. Il est tard, et tu as trop bu. Dors, Malishka.

Mes joues brûlent à cause de ses mots.

— Je ne peux pas.

Je suis plus éveillée que je ne devrais l'être. C'est probablement parce que Dmitri est allongé à côté de moi.

Il me tire plus près, plus serré. Je peux sentir son arôme masculin qui transperce la pièce et aveugle mes sens.

Il est tout ce que je veux.

Tout ce dont j'ai besoin.

Un désir ardent m'attire vers lui, un désir que je ne peux plus nier. Mes lèvres s'écrasent contre les siennes, et cette fois, il est là, me faisant rouler sur le dos sans interruption.

Son corps est au-dessus du mien, emmêlé entre les draps et les minces voiles de tissu qui nous séparent.

Je suis affamée de son contact et de le sentir au-dessus de moi. Mes doigts tirent sur les couvertures, les poussant vers le bas et les éloignant. Doucement, je caresse la peau du bas de son dos, faisant glisser son caleçon vers le bas et l'enlevant lorsqu'il soulève ses hanches pour moi.

Il ne porte pas de chemise, et sa poitrine est nue, chaude, parfaite.

— Lève tes hanches, ordonne-t-il en faisant descendre ma culotte avec mon pantalon d'un seul coup.

Je n'ai pas pris la peine de mettre un pyjama. Sa main remonte le long de mon corps, effleure ma poitrine, glisse sous ma chemise et caresse un de mes seins.

Les lèvres de Dmitri retombent sur les miennes, se nourrissant de moi avec avidité comme si j'étais sa force vitale pour survivre. Nous nous emmêlons et roulons. Les draps se tordent alors que je le pousse sur le dos, prenant l'initiative. Je chevauche son corps et soulève ma chemise au-dessus de ma tête.

Ses yeux brillent vers moi tandis que ses doigts travaillent le fermoir de mon soutien-gorge en dentelle violette. Le tissu tombe sur mes épaules et je le laisse tomber sur le sol en un tas avec ma chemise.

Je me penche, mes lèvres frôlent les siennes. Chaque seconde est taquine et angoissante, je veux le sentir en moi. Mes entrailles palpitent et pulsent. C'est une torture agréable.

Dmitri nous fait rouler avec force, me coinçant sous son poids.

— Tu aimes me provoquer ? demande-t-il avec une rudesse qui fait se recroqueviller mes orteils et me fait souffrir à l'intérieur, désirant plus avec lui.

J'avoue que oui et le regarde fixement. Je souris quand il attrape mes bras et les coince au-dessus de ma tête, dominant chaque centimètre de mon corps. Un gémissement s'échappe de mes lèvres et mes hanches s'enfoncent dans les siennes.

— Je parie que tu veux sentir ma bite dans ta petite chatte serrée.

— Oui, s'il te plaît.

Mes entrailles palpitent, et mes doigts tremblent quand je m'accroche à ses mains.

Il me provoque en retour, en avançant le bout de sa bite dans ma chatte.

— Tu aimes ça, baby girl, n'est-ce pas ?

Ses mots sont ma perte. Je soulève mes hanches, voulant qu'il enfonce sa bite en moi.

— Dmitri, râlé-je.

Il lie mes mains, et ses doigts s'entremêlent aux miens. Cela me demande trop d'énergie pour dire autre chose. Il est le seul à pouvoir satisfaire le besoin qui brûle en moi.

Je gémis et enroule mes jambes autour de lui, l'amenant plus profondément. Ses lèvres couvrent les miennes, et je pousse ma langue dans sa bouche. Avide et affamée de lui.

Chaque poussée devient plus intense.

Mettant mon monde en feu.

Mon cœur bat rapidement contre ma poitrine, se heurtant à ma cage thoracique, essayant de se libérer.

— Jouis pour moi, Malishka, murmure-t-il à mon oreille, tirant le lobe entre ses dents alors que je suis au bord de l'oubli.

Ses mots suffisent à me faire dégringoler comme une montagne russe à pleine vitesse, la poussée d'adrénaline et d'excitation picotant chaque parcelle de mon corps. Mes entrailles se serrent, pulsent et tremblent tandis que je poursuis mon orgasme, le serrant fort et le tenant contre moi.

QUATRE

DMITRI

L'obscurité ne s'est pas encore transformée en lumière du jour. Sadie dort profondément, tout comme Kona, ce dont je lui suis reconnaissant. Je ne veux pas que la bête se réveille en trombe.

Après quelques minutes de sommeil, je me faufile hors du lit et enfile mon caleçon et mon t-shirt. Je trébuche dans le noir, en faisant attention de ne pas marcher sur quelque chose ou sur Kona qui se promène dans la chambre.

On dirait que je l'ai réveillée, mais au moins elle ne pleurniche pas pour sortir ou réveiller Sadie.

Satisfaite que je ne sois pas là pour la distraire, elle s'installe sur le sol à côté du lit et s'endort.

En silence, je me faufile hors de la chambre, fermant la porte, en faisant attention à ne pas faire de bruit. Je ne sais pas si Sadie a le sommeil léger ou non, mais je n'ai pas l'intention de le découvrir.

Une fois la porte fermée, j'allume une lampe de table et je jette un coup d'œil à l'appartement. C'est petit et pittoresque. Tout est relativement propre et bien rangé.

Elle avait mentionné Bearded Bad Boy, mon nom dans le monde de la VR. Elle doit avoir un casque qui traîne dans son appartement.

J'ai parlé avec des douzaines d'associés et de voyous de bas étage dans le monde VR, mais personne avec qui j'ai fait affaire n'était une femme. Ce qui amène à la question, qui est Sadie ? Et comment a-t-elle fait pour tomber sur moi pendant une course dans la forêt ?

Je ne crois pas aux coïncidences.

Si Sadie travaillait pour Mikhail, je serais déjà mort. Mais peut-être qu'on lui a ordonné de me surveiller de près. Et si c'est le cas, alors qui l'a engagée ?

Je grimace, rien de tout cela n'a de sens. Mikhail n'engage pas de femmes pour faire ce qu'il veut. Elles sont trop douces, vulnérables, et peu fiables.

Je touche la cicatrice sur ma tête, en grimaçant. Cela ne fait plus mal, sauf pour la trahison qui me brûle.

Ma famille, la Bratva, m'a trahi.

Est-ce que c'était Nikita qui voulait me tuer ? Mikhail ? Ou est-ce Anton et Savannah qui m'ont tiré dessus et m'ont laissé pour mort ? Sans compter les innombrables ennemis que je me suis faits en tant que membre de la bratva.

Je fouille discrètement son appartement, jetant des coups d'œil dans le petit espace jusqu'à ce que je remarque qu'un casque VR est branché à côté de la télévision. Je fais glisser le casque et utilise les contrôleurs pour voir les paramètres, trouvant le nom du compte de l'utilisateur actuellement connecté au système. Je ne reconnais pas le pseudonyme, AllieInWonderland.

Je n'ai jamais conversé ou joué avec AllieInWonderland.

Comment diable sait-elle qui je suis ?

Il est impossible de savoir si son compte est récent en se basant uniquement sur son pseudonyme. Elle a téléchargé une poignée de jeux. Le plus récent est Orc Hunter.

Je clique sur l'application, ouvre le programme et baisse le volume pour ne pas la réveiller, elle ou Kona.

Je jette un coup d'œil à ses paramètres de jeu. Elle est au niveau 12.

Amateur.

C'est peut-être un nouveau casque. Mais pourquoi acquérir un nouveau compte aussi ?

Je me déconnecte de son compte et je charge le mien. Mikhail m'a fait utiliser le système VR, car c'est une interface de chat complètement intraçable.

Il n'a jamais connu mon pseudo. Ce n'était pas nécessaire puisque j'étais chargé de gérer les associés. Je me connecte au compte. C'est très tôt pour se connecter. Il y a quelques mois, j'aurais travaillé au club jusqu'à la fermeture. J'ai l'impression que ça ne fait que quelques jours pour moi.

La nouvelle a dû circuler parmi les associés, ils doivent s'attendre à ce que je sois mort. Comment vont-ils réagir en voyant un fantôme ?

Il n'y a personne que je reconnais en ligne, et cela n'arrange pas ma situation. J'ai besoin d'argent et d'une arme pour me protéger. Je me déconnecte du casque, ne voulant pas que Sadie sache qui je suis, bien qu'il semble qu'elle m'ait déjà découvert.

Je ne peux pas déterminer comment. C'est comme si elle me connaissait sans rien savoir de moi.

Il y avait une femme avec qui je conversais en ligne, et elle n'avait même pas son propre compte. Elle a utilisé celui de sa nièce pendant presque un mois.

Ça pourrait être elle ?

Je n'ai jamais eu son nom. Seulement qu'elle réside à New York, ce qui ne réduit pas beaucoup les possibilités. Elle avait l'air sexy au micro, mais je n'ai jamais pu l'apercevoir.

Je replace le casque à l'endroit où je l'ai trouvé et rebranche le cordon, ne voulant pas qu'il ait l'air d'avoir été manipulé, même si elle ne manquera pas de découvrir qu'elle a été déconnectée. Si j'ai de la chance, elle pensera que c'est juste un problème dû à une mise à jour

Ses clés sont près de la porte, avec son sac à main. Abandonné.

Je me lève, me dirigeant vers la porte, quand elle s'ouvre en grand.

Une jeune fille d'un mètre cinquante me regarde fixement.

— Tu es le petit ami de ma mère ? demande-t-elle.

— Le petit ami de ta mère ? répété-je, abasourdi.

Sadie n'a pas mentionné qu'elle avait un enfant.

— Oui, j'allais partir.

Elle sourit et se mordille la lèvre inférieure. Je jure que j'ai déjà vu Sadie faire exactement la même chose.

— Tu n'as pas à partir à cause de moi.

Elle ferme la porte derrière elle et dépose son sac à côté de celui de Sadie.

— Maman n'a jamais parlé de toi.

La petite me regarde, un large sourire aux lèvres.

Je passe une main dans mes cheveux.

— Je devrais y aller.

Je ne suis pas particulièrement doué pour mentir, mais je n'ai pas besoin de gâcher l'avenir de cette jeune fille ou celui de sa mère. La merde dans laquelle je suis empêtré est trop dangereuse pour elles.

— Je m'appelle Allie, au fait.

Elle me tend la main. Cette fille a plus de manières que la plupart des hommes de deux fois son âge.

— Ravi de te rencontrer, Allie. Je suis Dmitri.

— Depuis combien de temps sors-tu avec ma mère ?

Il n'y a aucune chance que je réponde à sa question ou à toute autre qu'elle décide de me lancer.

— Il est tard. Tu ne devrais pas déjà être au lit ?

Je ne peux pas imaginer que cette fille soit assez vieille pour conduire. Comment diable est-elle rentrée chez elle ?

— Je n'arrive pas à dormir, dit Allie.

Elle s'assoit sur le canapé. La fille est bien réveillée avec des yeux bleu brillant.

— En plus, la voisine est une sale morveuse. Elle est émo, et je ne la supporte pas.

La brune roule ses yeux bleu vif et tire ses genoux sur le canapé.

— Tu es la raison pour laquelle maman m'a envoyé chez cette peste ? Elle voulait voir son petit ami secret ?

Allie va me détester. Il ne fait aucun doute que cette gamine ne voudra rien avoir à faire avec moi quand elle découvrira que sa mère a été virée de son travail et que j'en suis la raison. C'est mieux comme ça. Je devrais laisser Sadie et Allie tranquilles.

— On est tombées l'un sur l'autre par hasard. On avait rien prévu pour ce soir.

Ses yeux se rétrécissent, et elle hoche lentement la tête comme si elle écoutait mais ne croyait pas un mot qui sort de mes lèvres.

Elle n'est pas la seule.

Cette histoire de petit ami, c'est trop, même pour moi. Je ne fais pas dans les petites amies. Je n'ai pas de relations. Je me tiens à l'écart de tout ce qui implique une prise en main et des rendez-vous.

Je préfère une bonne baise et rentrer chez moi après. Ce que j'essayais de faire avec Sadie quand Allie a défoncé la porte d'entrée.

Je m'éclaircis la gorge.

— C'était sympa de te rencontrer, Allie.

Je saisis la poignée de la porte et l'ouvre d'un coup sec.

— Tu vas vraiment partir ? C'est pas cool.

— Tu devrais aller te coucher.

— Tu n'es pas mon père.

Non, elle a raison. Je ne suis pas son père. Je ne sors même pas avec Sadie. On a juste couché ensemble, et j'essayais de m'éclipser quand j'ai été surpris par l'adolescente aux yeux bleus qui aime poser mille et une questions.

La prochaine fois, je baiserai une fille à l'hôtel ou dans sa voiture. Je ne peux pas gérer ce drame.

— Bonne nuit, Allie.

Je sors par la porte d'entrée.

Ça aurait pu être inconfortable, mais au moins ce n'était pas son mari qui passait la porte d'entrée. Je suis déjà passé par là, au lit avec une femme, et ce n'était pas une soirée amusante. C'est un souvenir que j'aimerais écraser.

Je me dirige vers le métro. Je dois traverser la ville pour aller près du bar. Je veux voir si Nikita travaille.

Je dois voir s'il est en vie.

J'ai quelques dollars que j'ai réussi à voler la nuit précédente. Je m'étais faufilé hors de l'hôtel après la tombée de la nuit, j'avais volé quelques portefeuilles de touristes sans méfiance, puis j'étais retourné dans ma chambre. Cela m'a donné assez d'argent pour couvrir les frais de métro, la nourriture et les autres frais jusqu'à ce que je trouve ce que je vais faire ensuite.

J'ai jeté les portefeuilles à la poubelle, y compris les cartes de crédit. Si j'avais su que ce connard avait prévu de me virer de la chambre d'hôtel gratuite, j'aurais utilisé une des cartes de crédit volées pour obtenir une nouvelle réservation.

Il fait nuit, et les rues sont vides. Les trains circulent toute la nuit, et celui de station la plus proche de son appartement arrive juste au moment où je m'approche du quai. Je n'ai pas de grand plan. J'ai tendance à travailler à l'instinct.

Je garde un œil sur l'heure, m'assurant que j'arrive avant la fermeture. Je ne veux pas que Nikita ou quelqu'un d'autre qui travaille pour la bratva me repère.

Après le court trajet en métro, je marche plusieurs pâtés de maisons jusqu'au club, me cachant dans les ombres de la nuit. Je regarde dehors, près de l'entrée arrière d'où Nikita sort toujours. Il est peut-être à la maison avec Lucy et leur fils, Zion. Il est tout aussi probable qu'il soit à l'intérieur jusqu'à la fermeture, surtout avec deux employés en moins, Anton et moi.

Ont-ils embauché des remplaçants ? Sommes-nous dispensables pour Mikhail ?

Il est presque deux heures du matin, le club se dissout, les clients s'en vont, et le parking se vide, à l'exception du SUV appartenant à la bratva.

Nikita ou n'importe quel autre homme de Mikhail pourrait le conduire. Beaucoup d'entre nous ont accès aux véhicules enregistrés à son entreprise illégale.

Je me cache, restant hors de vue alors que la dernière personne quitte le club. Son costume est impeccable, les clés dans sa main alors qu'il verrouille la porte.

Nikita Ivanov.

Un de mes frères. Je ne sais plus où on en est. Bon sang, on m'a laissé pour mort. Personne n'a pensé à vérifier à l'hôpital ? Je trouve toute cette épreuve troublante.

Mes mains se transforment en poings et je traverse le parking vide, bloquant la porte du côté conducteur du SUV.

— C'est vraiment toi ?

Nikita rit et tousse, la surprise étant évidente dans son ton. Mais je ne peux pas dire si c'est parce qu'il veut ma mort et que je l'ai déçu, ou s'il est vraiment choqué que je me tienne devant lui.

— Non, je suis un fantôme.

Il esquisse un sourire en coin et tend le bras pour me serrer dans ses bras.

— Je croyais que tu étais mort, mec.

Nikita fait un pas en arrière et arrange ses cheveux. Il est nerveux. J'ai été avec lui assez longtemps pour comprendre ses tics. Qu'est-ce qu'il cache ?

— Ouais, je m'en doute.

J'expire un souffle lourd. Je le regarde. Il n'a pas l'air mal en point, mais je ne sais pas ce qu'il a traversé depuis l'après-midi où on m'a tiré dessus.

Ma mémoire est brumeuse pour ce jour particulier, mais tout ce qui a précédé est clair et net.

— Que s'est-il passé avec Anton et Savannah ?

Il passe une main dans ses cheveux à nouveau. Sa veste de costume, parfaite de loin, a quelques plis de près. Il est tard, et ses yeux sont usés. C'est évident qu'il est fatigué, et je l'ai pris au dépourvu.

Bien. Je préfère avoir l'avantage, qui ne durera pas longtemps. Quand il retournera à l'enceinte, il alertera Mikhail que je suis en vie.

— Putain, c'était quoi, il y a six semaines ?

Il déplace ses pieds. Il y a une lourdeur entre nous qui plane et plane au-dessus de nos têtes.

— Anton t'a tiré dessus et ensuite m'a tiré dessus.

— C'est une belle histoire, dis-je, ne le croyant pas. Pourquoi diable t'aurait-il tiré dessus et ensuite m'aurait-il laissé mourir dans la forêt ?

— Il voulait me prendre en otage. J'étais encore en vie, dit Nikita.

Sa voix est ferme et inébranlable alors qu'il rencontre mon regard.

— Flash info, moi aussi.

— J'ai remarqué, dit Nikita.

Sa mâchoire se crispe.

— Mais où étais-tu passé ?

CINQ

SADIE

Le lit est froid et vide. Dmitri a-t-il décidé de se défiler hier soir maintenant qu'il se souvient du passé ?

Est-il marié ?

Fiancé ?

J'aurais dû demander avant de tomber dans le lit avec lui. Mais bon sang, c'était bon. Cela faisait longtemps qu'un homme n'avait pas vénéré mon corps comme l'avait fait Dmitri. Trop longtemps.

— Maman ?

Allie frappe rapidement mais ne franchit pas ma porte comme d'habitude.

— Juste une seconde !

Je me dépêche d'attraper un pyjama dans la commode et de l'enfiler à une vitesse record. La porte de la chambre est déverrouillée, mais elle attend patiemment. Plus que d'habitude. Pourquoi ça ?

Une fois habillée, je me dirige vers la porte et ouvre la poignée d'un coup sec.

— Tu es rentrée tôt.

Il y a un sourire en coin qui orne ses lèvres.

— J'ai rencontré ton petit ami.

— Quoi ?

Je tousse et me racle la gorge, les yeux écarquillés.

Merde.

— Est-ce que Dmitri vient de partir ? demandé-je, en la dépassant pour aller à la cuisine.

J'ai besoin d'un café.

— Le Russe sexy avec un corps de tueur ? Il est parti la nuit dernière.

— La nuit dernière ? répété-je, confuse. Tu es rentré hier soir ? Que s'est-il passé avec ton amie ?

Ce n'est pas mon petit ami. Je ne veux pas qu'Allie se fasse des idées.

— On s'est disputé parce qu'elle faisait sa gamine. Elle voulait sortir en douce et rendre visite à son petit ami. Et elle a insisté pour que je la couvre. Elle m'a laissé faire du baby-sitting pour ses deux frères et sœurs.

— Ce n'est pas très gentil de sa part.

— Ne t'inquiète pas, maman. Je l'ai dénoncée à la minute où elle est partie. J'ai appelé sa mère, et elle est rentrée à la maison. Elle est probablement punie pour le reste de sa vie !

Elle lève le poing en l'air en signe de victoire.

— Pourquoi sa mère n'était pas à la maison ?

— Un rendez-vous peut-être. Le tien s'est bien passé ? Depuis combien de temps tu sors avec Dmitri ?

— On ne sort pas ensemble, je veux dire, on est juste amis.

Je ne veux pas que ma fille pense que je couche avec des hommes que je connais à peine. Ce qui s'est passé entre Dmitri et moi n'était pas typique pour moi.

Je ne fais pas de coup d'un soir.

J'ai toujours insisté pour faire passer Allie en premier. Ce qui veut dire que les rendez-vous ont été mis en veilleuse. Elle sera à l'université dans quelques années, et je n'aurai pas à m'inquiéter pour elle.

— C'est ça, des amis avec des avantages, dit-elle en ricanant.

— Allie ! Ça suffit.

— Non, maman. Tu m'as caché ton petit ami.

Je lui lance un regard noir.

— Ton ami. Quand pourrai-je le rencontrer correctement ? Pendant un dîner ?

Cette fille est tenace. C'est cent pour cent moi qui lui ait transmis cela. Je n'ai que moi à blâmer pour son entêtement.

— Je vais voir s'il est disponible ce week-end.

L'idée de sortir avec Dmitri et ma fille me retourne l'estomac. Je ne suis pas prête pour ça, mais lui dire que j'ai couché avec un homme que je connais à peine, c'est pire.

Je peux organiser un faux rendez-vous si Dmitri est prêt à le suivre. Il me doit de l'avoir aidé, et j'ai perdu mon travail pour ça.

Non pas que je le blâme. C'était entièrement ma décision, mais le moins qu'il puisse faire est d'aider.

Mais comment vais-je mettre la main sur Dmitri ? Je ne sais pas où il loge, vit ou travaille. Il n'a pas de téléphone portable ou de portefeuille, d'ailleurs. Cependant, il a réussi à payer son ticket de métro.

Je n'y avais pas pensé sur le moment, mais maintenant je suis encore plus confuse.

— Je peux aller au centre commercial avec Brooke cet après-midi ? demande Allie.

— Oui, dis-je.

J'attrape mon sac à main pour en sortir un billet de vingt.

— Ne dépense pas tout au même endroit.

Elle roule les yeux.

— Ça va à peine payer le déjeuner.

— De rien.

―――――

Après avoir traité avec ma fille insolente, j'enfile des vêtements et des chaussures de course et je sors.

Dmitri est en bas des marches du porche.

—Depuis combien de temps es-tu dehors ?

Il sirote son café, l'expression vide.

— Un moment. Je t'aurais bien offert une tasse, mais je ne t'attendais pas.

— Tu attends un autre rendez-vous galant ? plaisanté-je.

Il fronce les sourcils.

— Non.

Il bouge les pieds, et ses yeux restent fixés sur les miens.

— Tu n'as pas mentionné que tu avais une fille.

— Ce n'est pas vraiment venu sur le tapis, dis-je. On ne sort pas ensemble.

Il finit son café et le jette dans la poubelle à proximité.

— Je vais aller courir.

Je montre la direction que j'ai l'intention de prendre.

— Tu peux te joindre à moi si tu es d'accord. Je ne peux pas te promettre que tu pourras me suivre.

— Ça ressemble à un défi.

Je commence par un rythme lent et agréable, pour m'échauffer, et Dmitri est à mes côtés.

— Ta fille est mignonne. Un seul parent ?

— Ouais, son père biologique n'est pas dans le tableau.

Je lui jette un regard avant de reporter mon attention sur le trottoir en direction du parc le plus proche, à un peu plus de trois kilomètres.

— Et toi ? Des enfants ou une femme dont je devrais être au courant ?

Je suis surprise qu'il soit revenu sous mon porche et dans mon appartement après avoir retrouvé ses souvenirs. Pourquoi ne pas rentrer chez lui ?

— Je suis célibataire, dit-il en souriant. Je n'ai pas l'habitude de m'attacher.

Je rigole dans mon souffle.

— Tu donnes l'impression que l'engagement est une mauvaise chose.

— Ce n'est tout simplement pas pour moi, dit Dmitri pour clarifier sa position.

— Ne t'inquiète pas. Je n'avais pas l'intention de te demander en mariage. C'était juste une nuit.

Une nuit fabuleuse et bouleversante, mais je peux supporter d'être à nouveau célibataire. Ce n'est pas comme si je n'avais pas eu beaucoup de pratique au fil des ans.

Il trottine à côté de moi à grands pas, nos pieds frappant le pavé à l'unisson.

— Où es-tu allé la nuit dernière ? demandé-je.

Ce ne sont pas mes affaires, mais je demande quand même, je veux savoir où il a disparu. S'il était rentré chez lui, il n'avait pas changé de vêtements.

— Je travaillais dans une boîte de nuit. J'y suis retourné pour voir si un de mes collègues savait quelque chose sur la fusillade.

— Et ?

— Rien, dit Dmitri.

Il y a une lourdeur dans l'air, et bien que je ne le connaisse pas très bien, je ne peux m'empêcher de me demander s'il ne me ment pas. Mais pourquoi mentirait-il ? Qu'est-ce que ça lui apporterait ?

— Tu es rentré chez toi ?

— Je ne suis pas rentré.

Mais il n'en dit pas plus. Il trottine plus vite. C'est plutôt un sprint alors que je m'efforce de le rattraper.

S'il ne veut pas en parler, je ne vais pas insister pour l'instant. Mais il ne peut pas rester avec moi, pas avec Allie dans la pièce d'à côté.

— Donc, j'ai besoin d'une faveur, dis-je en le regardant.

— C'est parti, murmure-t-il.

— Allie, ma fille, n'a jamais rencontré aucun de mes petits amis.

Je laisse de côté le fait que je n'ai eu aucun petit ami, aucune relation, aucune conquête avec des hommes depuis qu'elle est née. C'est trop embarrassant pour en parler. Il va probablement penser que j'aurais dû être une nonne ou quelque chose comme ça.

— Pourquoi ça ?

— Je ne veux pas faire parader des hommes dans la maison, les faire entrer dans sa vie alors qu'ils ne vont pas y rester.

— Je comprends.

Il ralentit son rythme, et je fais de même pour rester à ses côtés.

— Et c'est quoi la faveur ? demande-t-il.

— Vous vous êtes rencontrés hier soir, et elle pense que tu es mon petit ami. Je ne pouvais pas lui dire le contraire.

— Parce que tu ne veux pas qu'elle ait une mauvaise opinion de toi ? devine Dmitri.

— Je ne veux pas qu'elle pense que le sexe occasionnel est une bonne chose. Elle a treize ans, elle est jeune et impressionnable. Elle a demandé à rencontrer mon petit ami et veut sortir avec nous.

— Petit ami ?

Sa voix se bloque dans sa gorge.

— Je sais, c'est une grosse demande. Elle pense qu'on sort ensemble, et je ne veux pas l'embrouiller, mais si c'est trop, je peux lui dire qu'on a rompu...

— Non, je vais le faire, dit Dmitri, m'interrompant avant que je ne puisse radoter davantage.

— Tu es sûr ?

— Tu m'as sauvé la vie. C'est le moins que je puisse faire. Que lui as-tu dit sur nous ?

Dmitri ralentit, et je fais de même.

Il ne devrait peut-être pas courir plusieurs kilomètres. Il était dans le coma il y a très peu de temps.

— Il y a un banc pas très loin. On peut y aller et s'asseoir un moment si tu veux.

— Bonne idée.

Nous nous dirigeons vers le banc, et je me frotte contre lui sans le vouloir alors que nous marchons ensemble.

— Je n'ai pas dit grand-chose à Allie, même si elle va sûrement me demander comment on s'est rencontrés et depuis combien de temps on se connaît.

Sa main tombe sur le bas de mon dos, et j'inspire fortement, me rappelant son corps emmêlé avec le mien la nuit dernière.

— Et si on commençait par la vérité ?

Sa suggestion est la plus logique, mais je ne veux pas qu'Allie pense que j'ai ramené à la maison un gars que je connais à peine.

— Elle n'est pas prête à entendre que je t'ai trouvé avec une blessure par balle à la tête, dis-je.

Allie est dure et forte, mais je ne veux pas l'inquiéter.

— Que dirais-tu d'un compromis ? Je lui dis que je t'ai rencontré pendant qu'elle était au camp d'été. Et si elle nous demande pendant le rendez-vous, tu pourras lui poser des questions sur le camp et tourner la conversation sur elle.

Les coins de ses lèvres se retroussent vers le haut.

— Je parie que tu as déjà fait ça avant.

Est-ce qu'il pense que j'ai couché avec beaucoup d'hommes et que j'ai dû les cacher à ma fille ?

— Non, c'est la première fois.

Je ne développe pas. C'est assez embarrassant d'y penser. Je ne veux pas qu'il se moque de moi ensuite.

Il s'assoit sur le banc en bois, et je m'assois à côté de lui. La chaleur de son contact sur le bas de mon dos me manque déjà. Je me retiens de me rapprocher et de m'appuyer contre lui. Nous ne sommes pas ensemble.

Il me fait cette faveur pour m'aider parce que je lui ai sauvé la vie.

— Relaxe, ça va aller, dit Dmitri.

— Tu as déjà côtoyé des adolescents ?

Il s'éclaircit la gorge.

— Pas vraiment, mais je suis sûr que je peux répondre à toutes les questions que ta fille nous posera.

Dmitri n'a aucune idée de ce qui l'attend quand il s'agit d'Allie.

— Ok, bien.

Je force un sourire.

Il étire ses bras et les pose contre le dossier du banc. Il est calme, pensif, et je ne peux m'empêcher de me demander ce qui lui passe par la tête.

Le silence me picote comme une brise fraîche. Les doigts de Dmitri effleurent mon épaule, puis mes cheveux. Ses yeux m'étudient tandis que je regarde les arbres droit devant, la forêt, tout sauf son regard fixe.

Son regard est trop pour moi. Il est trop intense, et je ne suis pas prête pour ça. Tout ça, c'est juste pour faire semblant, mais je ne veux pas admettre que j'ai beaucoup apprécié la nuit dernière.

Je me penche en arrière, ses doigts sont forts, chauds, et sa prise est dominante alors qu'il se rapproche de moi et tire une poignée de mes cheveux pour que je puisse lever le visage et croiser son regard.

— Avant hier soir, quand as-tu été avec un homme pour la dernière fois ?

Je prends une grande inspiration.

— C'était si évident ?

L'air est chaud et étouffant, et j'ai envie de me noyer dans la flaque d'eau la plus proche. Bon sang, même une flaque d'eau suffirait.

— Réponds-moi, Malishka.

Son regard est stable et inébranlable alors qu'il me fixe, attendant ma réponse.

— Ça fait longtemps.

Je ne veux pas avoir honte d'avoir fait passer ma fille en premier, mais il va penser que je suis folle si j'admets combien de temps cela fait. Trop longtemps est une meilleure réponse. C'est vague et plus qu'exact.

— Des mois ? demande-t-il, la voix basse et rauque.

Je me déplace légèrement, mais c'est plutôt moi qui me tortille sous son regard tandis qu'il maintient ma tête en place. Il prend le contrôle, l'exige, et je ne me souviens pas d'un homme avec qui j'ai couché qui ait agi de la sorte.

J'ose dire que c'est sexy et très excitant. Ou peut-être que c'est juste qu'il a libéré la bête qui sommeillait en moi.

— Plus longtemps ? demande-t-il.

Il ne veut pas laisser passer la question.

— Oui, mais ce n'est pas grave. Je me concentre sur ma fille.

— Hier soir, c'était différent.

Dmitri n'est pas accusateur. Il ne fait que constater les faits. Son emprise sur moi se relâche alors qu'il joue avec mes cheveux. Ce geste apaise mon cœur qui s'emballe.

— Hier soir, elle n'était pas censée être à la maison. Je l'ai fait passer la nuit au bout du couloir avec une amie, mais c'était mon erreur.

Mes joues brûlent rien qu'en pensant à ce que ça a dû être quand Dmitri a rencontré Allie.

— C'était gênant ?

— Quoi ?

— Tomber sur elle.

Je ne l'avais pas prévenu que j'avais une fille parce que je ne pensais pas qu'il la rencontrerait un jour. Coucher avec lui ne faisait pas partie du plan, et j'ai tendance à être trop organisée.

Les lèvres de Dmitri se retroussent.

— C'était une surprise, mais je crois que je m'en suis bien sorti puisqu'elle pense qu'on sort ensemble.

SIX

DMITRI

Je convaincs Sadie de me laisser choisir le restaurant, faire les réservations et passer prendre les filles pour un dîner samedi soir. Je ne sais pas pourquoi je suis nerveux. Ce n'est pas comme si c'était un vrai rendez-vous. Nous sommes juste amis.

Mes sentiments pour elle ne peuvent pas être réels.

Elle m'a sauvé, et je suis sûr que toutes les émotions que je ressens sont mélangées à ça et au fait qu'elle est une bonne personne. Sadie a essayé de me donner un endroit où rester, de la nourriture et des vêtements et elle aurait probablement fait plus si elle n'avait pas été renvoyée, et j'ai avoué que ma mémoire était soudainement revenue.

Au début, il était difficile de lui mentir, de prétendre ne pas savoir qui j'étais. Je mens encore, je garde des secrets. Elle ne doit pas savoir que je suis un bratva, enfin, que j'étais un bratva. Je ne suis plus sûr de ce que je suis, mais il n'y a pas moyen de quitter l'organisation criminelle russe. C'est une condamnation à vie, pour le meilleur ou pour le pire.

Et je ne vois pas d'autre choix que de me mêler à leurs affaires. Si Mikhail était responsable de ma mort présumée, il mettrait ma tête à prix dès qu'il le pourrait.

Le club ouvre dans quelques heures, mais sans aucun doute, quelqu'un s'occupe des comptes maintenant qu'Anton n'est plus là. Où lui et Savannah ont-ils disparu ?

— Je suis surpris de te voir revenir si vite, dit Nikita quand j'entre dans le club.

Les filles ne sont pas encore là. Il est tôt pour qu'elles se préparent. L'endroit est vide, à l'exception d'une poignée d'associés au sous-sol qui comptent l'argent blanchi par le club.

— Mon poste est toujours disponible ?

— Bien sûr, dit Nikita.

Il fronce les sourcils.

— Pourquoi ne le serait-il pas ?

— Ca fait un moment que je ne suis pas venu ici.

— Un coma, dit Nikita.

Il me fait signe de le suivre dans son bureau, et je m'exécute. Il ferme la porte derrière nous, nous laissant de l'intimité.

— Quand est-ce que tu reviens dans l'enceinte ?

— Ce soir.

Je ne peux pas rester chez Sadie à nouveau. Être près d'elle met sa vie et celle de sa fille en danger. Je n'aurais pas dû promettre de la sortir samedi soir, mais je ne peux pas non plus la décevoir.

— Bien. Tu nous as manqué, mon frère.

— Ecoute, je ne sais pas si tu veux que je reprenne rapidement le club, mais j'ai besoin de mon samedi.

Nikita croise ses bras sur sa poitrine.

— C'est l'une de nos nuits les plus chargées.

Il attend que je développe.

— Je ne demanderais pas si ce n'était pas essentiel.

— Tu vas me laisser en plan ? demande Nikita.

Il veut savoir pourquoi j'ai besoin d'un congé. C'est une demande inhabituelle. Nous n'avons pas de secrets, mais je ne suis pas prêt à lui parler de Sadie. D'ailleurs, il n'y a pas de raison de lui en parler.

— Apparemment, dis-je avec un sourire en coin. Considère ça comme une faveur pour m'être fait tirer dessus et avoir été laissé pour mort.

Il sourit et secoue la tête.

— C'est drôle. Je m'assurerai que tu aies ton samedi de libre, mais n'en fais pas une habitude.

———

Après avoir quitté le bar, il n'y a guère d'autre choix que d'affronter le passé et de retourner à l'enceinte. Si je ne le fais pas, Nikita sera obligé de dire à Mikhail, le chef de la bratva, que je suis en vie.

Il doit l'entendre de ma bouche.

Suis-je nerveux ? Je serais fou de ne pas m'inquiéter, mais je ne peux pas rester à New York sans affronter Mikhail et ses hommes.

Et je ne suis pas un homme à courir et à me cacher.

J'ai acquis une arme, pas par des moyens légaux, mais je me prépare au cas où les choses tourneraient mal. Je suis préparé. Et plus je réfléchis à ce qui s'est passé, moins je crois que Mikhail a organisé un coup contre moi.

Nikita et moi avions reçu l'ordre de tuer Savannah et Anton.

Nous avons échoué.

Mikhail est peut-être en colère pour ça, mais ça doit être eux s'il en a après quelqu'un.

Je prends le métro pour traverser la ville, puis j'attrape un service de covoiturage. Je leur demande de me déposer à quelques rues de l'enceinte.

Le temps est agréable, excellent pour un jour d'été. Je marche les deux derniers pâtés de maisons jusqu'à ce que j'atteigne la porte du gardien. Ivan est de garde, et sa mâchoire tombe quand il me voit.

— Merde, j'ai vu un fantôme, dit Ivan.

Il se frotte les yeux avant de sortir de la cabine.

— Où étais-tu passé, bordel ?

— Laissé pour mort, dis-je.

J'ai la bouche sèche, et mon cœur bat contre ma cage thoracique. Peut-être que je devrais élaborer un autre plan, une autre histoire, pour garder Sadie en dehors de tout ça. Mikhail ne va-t-il pas demander où j'étais ? Il aura des questions.

Ivan me regarde, abasourdi, avant de se ressaisir.

— Mikhail va se chier dessus, dit Ivan.

Je fais un sourire en coin.

— Ce serait un spectacle à voir.

Ivan me jette un coup d'œil, convaincu que je ne fais pas de mal à la famille. Après tout, je suis l'un des leurs. Il ouvre la porte, me permettant d'entrer.

— Fais-moi une faveur et n'appelle pas la maison. Je voudrais faire une surprise à Mikhail.

— Putain, tu essaies de me faire virer ? demande Ivan avec un rire nerveux.

De la sueur coule sur son front.

Pourquoi diable est-il si nerveux ? Mon estomac fait des culbutes. Je suis content de ne pas avoir beaucoup mangé aujourd'hui.

— Ce ne sera pas une surprise si tu annonces que je suis rentré.

— C'est vrai.

Ivan m'observe alors que je traverse l'allée en pierre et que je monte les marches de l'entrée. Je n'ai pas ma clé, mais la serrure de la porte offre un lecteur d'empreintes digitales installé l'année dernière.

Je lève ma main, mon index droit contre le lecteur, et il s'enclenche en position déverrouillée. J'ouvre la porte, et la peinture fraîche et l'odeur de nettoyant me brûlent les narines.

Quel bordel a été nettoyé cette semaine ?

Mes pas ne sont pas invisibles. Je ne suis pas le moins du monde silencieux, et je n'essaie pas de l'être en jetant un coup d'œil dans l'enceinte. Des voix d'enfants viennent de la salle de jeux et des rires fusent dans le couloir.

Madisyn et Lucy discutent, mais je n'arrive pas à distinguer de quoi il s'agit, même si cela n'a pas d'importance. Je ne suis pas ici pour écouter aux portes.

Je m'approche du bureau de Mikhail, mais il est vide.

Il pourrait être n'importe où. Mais je suppose qu'il est à la maison, sinon Ivan aurait dit le contraire.

— On a besoin d'engager une nounou, dit la voix de Mikhail depuis la salle de jeux.

— Et on l'aurait fait si tu aimais une de celles qu'on a rencontré, répond Madisyn.

Je me dirige vers la porte ouverte, montant la garde à l'extérieur de la pièce, regardant les deux tourtereaux interagir.

— Dmitri !

Les yeux de Mikhail s'illuminent, et un sourire effleure ses traits. Je ne peux pas dire si c'est parce que je l'ai sauvé de la conversation dans laquelle il était impliqué avec Madisyn ou s'il est soulagé que je sois en vie.

— Je suis de retour, dis-je avec un sourire forcé. Je vous ai manqué ?

— On pensait que tu étais mort.

La voix d'Lucy est douce et fragile. Ses sourcils sont froncés, et elle se mord la lèvre inférieure comme si elle essayait de ne pas pleurer.

Merde.

Je n'ai jamais été aussi proche d'aucune de ces dames, mais ça ne veut pas dire que ma mort supposée ne les a pas touchées de plein fouet.

— Ouais, drôle d'histoire.

Je n'effleure même pas un sourire.

— On m'a laissé pour mort, on m'a amené à l'hôpital en tant que John Doe, et j'ai été dans le coma pendant plusieurs semaines.

— Wow, murmure Lucy, la bouche ouverte et les yeux écarquillés.

Madisyn frappe le bras de Mikhail.

— Je te l'avais dit ! le gronde-t-elle. Pas de corps, pas de funérailles. Mais tu ne m'écoutes pas.

— Tu as organisé des funérailles pour moi ?

Je me déplace sur mes pieds, mal à l'aise devant les extrémités auxquelles Mikhaïl s'est rendu alors que j'étais censé être mort.

Que diable ont-ils enterré si je n'étais pas dans le cercueil ?

— C'était juste une petite cérémonie, dit Mikhail. Assez parlé de cette grave erreur. Tu es de retour et tu as l'air d'aller terriblement bien pour un homme mort.

Il me fait signe de le suivre dans son bureau.

C'est probablement mieux comme ça. Les enfants n'ont pas besoin d'entendre ce que j'ai vécu.

— J'ai eu plusieurs semaines de sommeil, dis-je.

— J'en suis sûr, murmure Mikhail. Nos hommes ont ratissé les bois, mais personne n'a retrouvé de corps. Je suppose que c'est parce que quelqu'un d'autre t'a trouvé en premier.

Il ferme la porte de son bureau après que je l'ai rejoint, nous laissant un peu d'intimité.

— Des nouvelles d'Anton ou de Savannah ? demandé-je.

— Rien.

Il s'assied sur le bord de son bureau.

— Une idée d'où ils ont pu aller ?

— Non. Ils m'ont laissé pour mort. Je ne peux pas dire que je sais où ils ont disparu.

Les yeux de Mikhail clignotent.

— Tu soupçonnes Nikita d'être impliqué ? demande-t-il.

Je secoue la tête. Je ne vais pas le dénoncer alors qu'il n'est peut-être pas responsable.

— Je trouve juste étrange qu'on m'ait laissé mourir dans la forêt et que Nikita soit rentré chez lui.

— Nikita a été amené à l'hôpital, déposé. Il jure qu'il ne se souvient pas d'y être allé et ne sait pas où Anton a disparu avec Savannah.

Ça ne colle pas.

— Et personne n'a demandé si on avait amené d'autres patients blessés par balle ? demandé-je.

La mâchoire de Mikhail est serrée, ses mains sont serrées en poings sur le côté.

— On essayait de limiter les dégâts. La police rampait partout dans la chambre d'hôpital de Nikita. J'imagine qu'ils ont fait la même chose dans la tienne.

— Donc, vous saviez que j'étais en vie ?

— J'ai entendu dire qu'un inconnu avait été amené, et qu'ils ne pensaient pas qu'il s'en sortirait. J'ai pensé que c'était toi jusqu'à ce que je voie une fille aux cheveux noirs parler au docteur. A ce moment-là, j'ai pensé que le patient n'était plus un inconnu.

— Et vous n'êtes pas allé me chercher ?

— J'ai envoyé une demi-douzaine d'hommes fouiller la forêt, mais le temps que Nikita puisse nous dire ce qui s'était passé, les preuves avaient été emportées par la pluie, et on ne t'a vu nulle part.

Je ne suis pas amer à ce sujet. Mikhail a fait ce qu'il pensait être juste. C'était une décision difficile, et nous devons vivre avec les conséquences.

Nous avons perdu Anton ce jour-là.

Même s'il n'est pas mort, il est coupé de la famille.

— Tu as l'air en forme pour un homme mort, dit Mikhail en se poussant du bureau. Il attrape une bouteille de whisky dans l'armoire.

— Tu veux un verre ?

Ne jamais refuser une offre du pakhan, alcool compris.

— Bien sûr, dis-je.

Il nous verse chacun un verre et prend la première gorgée. Je fais de même, non pas que je pense qu'il m'empoisonnerait. S'il voulait me tuer, il m'aurait déjà mis une balle dans la tête.

— Où étais-tu ? demande Mikhaïl, en faisant tournoyer le liquide ambré avant d'en prendre une gorgée.

— A part l'hôpital ? Avec une nouvelle amie.

Je ne développe pas.

— A-t-elle un nom ? demande Mikhail.

Il ne laisse jamais rien passer.

Je n'avais pas prévu de la mentionner. Il n'y avait aucune raison de l'évoquer.

— Sadie, dis-je en baissant les yeux sur le liquide ambré.

Je porte le verre à mes lèvres et l'avale d'un seul coup.

— Sadie, répète Mikhail. Est-ce que tu la baises ? Parce que Luka et Hannah vont se marier dans un mois, et son petit cul pourrait être l'explication parfaite pour savoir où tu étais.

C'est tout à fait le genre de Mikhail à trouver un moyen de couvrir ses arrières.

Je m'assieds à ses mots, tombant dans le fauteuil en cuir en face de son bureau.

— Qu'est-ce que tu suggères ?

Je n'aime pas la façon dont l'esprit de Mikhaïl fonctionne, suggérant que je mente à mes frères de bratva.

— Amène-la au mariage, fais-la parader. Et quand les autres demanderont, et ils le feront inévitablement, tu leur diras que tu es resté avec elle. Vous êtes ensemble, ou tout ce que tu veux faire croire.

Je ne peux pas croire que j'entends correctement Mikhail.

— Tu veux que j'amène Sadie ici sous un faux prétexte ?

— Pas ici, dit-il en désignant son bureau et ses environs. Mais en général, oui. Je veux qu'elle assiste au mariage, au moins un dîner avant, et peut-être un déjeuner avec les filles. Parce que, soyons francs, si tu ne l'emmènes qu'au mariage, personne ne croira que vous êtes sérieux tous les deux.

———

Cela fait trois jours que je n'ai pas vu Sadie. Je me sens toujours mal qu'elle ait perdu son travail. J'ai deux options, me montrer à l'hôtel et menacer le manager qui l'a virée ou lui donner un travail où je travaille. La deuxième option est un peu plus difficile car elle implique de travailler pour la bratva. Et même si je ne veux pas l'impliquer dans mes problèmes, c'est un peu trop tard.

En fait, je ne lui ai pas dit que j'avais besoin qu'elle soit ma fausse petite amie pour un mariage de la Bratva.

La dernière fois que j'ai vu Sadie avant que nous prenions des chemins différents, je lui ai fait noter son numéro de téléphone. Depuis, j'ai un téléphone portable et je lui ai envoyé un SMS pour lui dire quand je viendrais la chercher. Je lui envoie souvent un emoji, ou elle m'envoie une image drôle.

Hier soir encore, elle m'a demandé si j'aimais la couleur Sassy Sangria qu'elle avait appliquée sur ses ongles de pied. C'était très rose, mais cette fille pouvait tout faire et être magnifique. Et je n'ai jamais été fétichiste des pieds, mais bon sang, les siens sont sexy.

On fait peut-être semblant d'être en couple, mais ça semblerait étrange du point de vue d'Allie si on ne communiquait pas.

Je monte les escaliers jusqu'à son appartement et appuie sur la sonnette. Les fleurs dans une main, j'attends qu'elle me laisse entrer dans l'immeuble. Je monte à son étage, et elle a déjà la porte d'entrée entrouverte.

— Sadie ?

— Entre, dit-elle de l'intérieur de l'appartement.

Allie est assise sur le canapé, me fixant du regard. Elle me regarde de haut en bas, se lève et s'approche de moi.

— Les fleurs sont pour moi ? demande-t-elle d'un air suffisant.

Je lui tends un petit bouquet pressé contre le plus gros pour Sadie.

— Elles sont pour toi.

Elle roule ses lèvres l'une contre l'autre. Je l'ai surprise.

— Merci.

Elle prend le bouquet de marguerites multicolores et l'apporte dans la cuisine.

— Maman ! crie Allie à travers l'appartement. Où sont les vases ?

— Au-dessus du réfrigérateur, dans l'armoire, dit Sadie.

Mais elle ne crie pas. Elle sort de la cuisine et porte la robe noire la plus mignonne, la plus sexy mais la plus modeste que j'aie jamais vue. Elle épouse sa poitrine, mais la couvre, laissant mon imagination déterminer si elle porte un soutien-gorge et à quoi il peut ressembler sous la robe.

Du satin ?

De la dentelle ?

Je préfère penser qu'elle ne porte aucun sous-vêtement.

Sa jupe s'étire vers l'extérieur et s'arrête juste au-dessus de ses genoux.

Dos au salon, elle s'appuie sur le canapé pour se soutenir pendant qu'elle enfile ses talons.

Qu'est-ce que je ne donnerais pas pour être sur ce canapé en ce moment, blotti contre son corps chaud.

Je m'éclaircis la gorge et propose à Allie de l'aider puisque je suis plus grand qu'elle d'un bon trente centimètres.

— Laisse-moi faire.

J'ouvre le placard au-dessus du réfrigérateur. Il y a des bouteilles d'alcool ainsi qu'un vase en cristal transparent.

— Et pour mes fleurs ? se plaint Allie. Je ne peux pas partager le vase de maman. Est-ce qu'on en a un autre ?

Son regard se pose sur Sadie.

Sadie enfile ses talons.

— Tu lui as apporté des fleurs ?

Un sourire orne son visage, et ses joues sont roses. Je ne peux pas déterminer si c'est son maquillage ou si elle rougit.

— Je vous ai apporté des fleurs à toutes les deux.

Je lui montre le bouquet dans ma main qui est pour elle.

— Elles sont magnifiques, dit Sadie en admirant le bouquet. Tu peux les mettre dans l'eau pendant que je cherche quelque chose pour les fleurs d'Allie ?

Allie ouvre le tiroir du haut et me tend une paire de ciseaux. Je coupe les tiges sous l'eau courante avant de remplir d'eau le récipient en cristal et de placer les fleurs de Sadie dans le vase.

Sadie ouvre le meuble du bas sous l'évier et attrape une bouteille en verre vide. Elle tend le récipient vide à Allie.

— Tiens, utilise ça.

— C'est minable, maman.

Sadie rit à gorge déployée, et ses joues brûlent encore plus. Ce n'est pas son maquillage qui fait chauffer sa peau.

— Ton attitude l'est aussi.

Allie attrape la bouteille en verre et coupe les tiges pour forcer les fleurs à rentrer.

Je suis prête à parier que Sadie était probablement comme Allie quand elle était petite.

Défiante.

Indépendante.

Et qui ne se laisse pas faire par qui que ce soit.

— Êtes-vous prêtes à dîner, mesdames ?

Allie sort de l'appartement et se dirige vers l'ascenseur. Elle appuie sur le bouton, attendant que l'ascenseur arrive, tandis que Sadie verrouille la porte. J'attends à côté de Sadie, ma main se posant sur le bas de son dos, pour la garder près de moi.

— Merci, murmure-t-elle.

Je ne demande pas pourquoi. La ruse n'est pas encore terminée. Nous avons une nuit entière à passer, et ce n'est pas comme si nous avions prévu quelque chose. Nous avons échangé quelques textos, mais rien de substantiel.

L'endroit est à quelques pas de son appartement, deux blocs au nord. Une fois que nous sommes sortis, Allie s'avance tandis que je glisse ma main dans celle de Sadie.

— Est-ce que c'est bien ? demandé-je.

— Oui, dit-elle avec un sourire timide. Mais elle est devant nous.

— Je suis sûr qu'elle va se retourner à un moment donné, répliqué-je. Il faut qu'on soit convaincants.

Sadie tire sa lèvre inférieure entre ses dents.

— Qu'est-ce qu'il y a ? demandé-je.

— Ça fait longtemps que je ne suis pas sortie avec quelqu'un.

— Fais semblant de sortir avec quelqu'un, murmuré-je, lui rappelant que c'est un jeu pour empêcher Allie de connaître la vérité.

Qui est quoi, exactement ? Que Sadie m'a ramené à la maison, et qu'on a couché ensemble ? Il n'y a pas de crime là-dedans, et je le saurais, vu le nombre de crimes que j'ai commis.

Ce que nous n'avons pas fait n'était même pas illégal dans la plupart des états. J'ai eu du sexe plus pervers. Ce n'était pas du tout ennuyeux, mais c'était de la vanille. De la vanille très délicieuse et addictive. Qu'est-ce que je ne donnerais pas pour lécher de la vraie glace à la vanille...

— Dmitri, tu as entendu ce que j'ai dit ?

Merde.

— Désolé.

Je me penche, mes lèvres effleurent son oreille.

— Je pensais juste à toutes les choses que j'aimerais lécher sur ton corps nu.

Ses yeux s'écarquillent, et ses joues et ses oreilles rougissent. Cette fille ne peut pas cacher un rougissement même si elle essaie.

C'est mignon et sexy comme tout. Je parie que sa poitrine rougit aussi. J'aimerais voir cette couleur sur tout son corps nu.

Sadie s'éclaircit la gorge et serre ma main avec force. Comme si elle essayait de me ramener à la réalité.

Mince.

Les fantasmes étaient amusants mais éphémères.

— Combien de temps allons-nous faire semblant de sortir ensemble ? demande-t-elle.

Sa voix est douce et à peine au-dessus d'un murmure. "Juste ce soir, hein ?"

— Donne-moi trois rendez-vous.

— Quoi ?

Elle écarquille les yeux, et elle parle un peu trop fort, car Allie se retourne et nous regarde tous les deux.

— Tout va bien ? demande-t-elle.

— Oui, le Margherita's est juste à côté, dit Sadie.

— Le Margherita's ? répété-je.

J'ai laissé Sadie choisir le restaurant, car je n'étais pas sûr de ce que son enfant allait manger.

Merde.

La mafia italienne possède le Margherita's. Je ne peux pas y mettre les pieds sans déclencher la prochaine guerre. Et maintenant que je travaille à nouveau pour la bratva, je dois faire attention.

— Et si je vous emmenais toutes les deux dans un endroit un peu plus chic ?

— Le Margherita's est assez chic. En plus, dit-elle en baissant la voix. Je ne sais pas comment tu comptes payer le dîner, et je viens de perdre mon travail.

— Je travaille au club, où j'avais l'habitude de travailler la nuit. La paie est bonne, ne t'inquiète pas, c'est moi qui paie.

— Allie, crié-je en lui faisant signe de revenir pour qu'on puisse discuter du dîner.

Elle trottine vers nous.

— Ouais ?

— Le Margherita's est trop américanisé pour de la nourriture italienne.

Je ne veux pas l'effrayer en lui disant que c'est la mafia italienne qui dirige. Je veux dire, comment quelqu'un pourrait le savoir à moins d'avoir des relations ?

— J'aime ça.

Allie hausse les épaules.

— Il y a un restaurant de fruits de mer de l'autre côté de la rue et un steak house à l'autre bout de la rue. Est-ce que l'un d'eux te convient ?

J'espère que la gamine n'avait pas prévu de prendre une pizza parce qu'il n'y a pas de bonnes pizzerias à proximité.

— J'adore les fruits de mer.

Les yeux d'Allie s'illuminent.

Je jette un coup d'œil à Sadie, en espérant qu'elle soit aussi partante.

— Ça me paraît bien.

Au prochain passage piéton, nous nous dirigeons vers le restaurant de fruits de mer, et bien que je n'aie pas fait de réservation, j'ai déjà fait affaire avec le propriétaire par le passé, et ils nous placent tout de suite.

— Pas d'attente ? me chuchote Sadie me chuchote à l'oreille.

Elle lève un sourcil.

— Qui es-tu ? dit-elle en me taquinant.

Allie n'a pas l'air de le remarquer, et alors qu'on nous accompagne à nos places, elle s'installe à la table avant que je puisse tirer sa chaise pour elle. Je tire la chaise de Sadie, et elle s'assoit. Je l'aide à la pousser vers la table.

Je m'assieds à la table et je jette un coup d'œil au menu, m'accordant un moment de calme avant le début du spectacle. Jusqu'à présent, c'était le pré-spectacle, l'apéritif.

C'est le début du jeu.

Lorsque le serveur arrive à la table, il prend d'abord la commande d'Allie, puis celle de Sadie. Je suis reconnaissant d'être le dernier parce qu'il y a plusieurs choses qui ont l'air délicieuses. Ça fait longtemps que je n'ai pas mangé ici. J'opte finalement pour le bar noirci garni de chair de crabe et de sauce créole. Je ne l'ai pas encore goûté, mais tout ce que j'ai mangé ici est à tomber par terre.

Dès que le serveur part, Allie me harcèle de questions.

— Comment toi et maman vous vous êtes rencontrés ?

La fille sait comment me mettre sur la sellette. Elle ferait un excellent interrogateur.

Je jette un coup d'œil à Sadie. On aurait dû discuter des détails avant le dîner et notre faux rendez-vous.

— Au parc. Ta mère faisait son jogging, et je me suis blessé. Elle m'a aidé.

Sadie a-t-elle dit à Allie quelque chose sur nous ?

— C'est pour ça que tu as cette cicatrice ?

Elle montre mon front. Elle semble encore fraîche, mais elle s'est probablement estompée depuis l'incident. J'ai des cicatrices plus anciennes qu'elle ne peut pas voir, une sur ma poitrine où j'ai été poignardé quand j'étais adolescent et que j'étais redevable à la bratva.

Le travail que je fais est dangereux. Tout comme les gens que je fréquente, c'est pourquoi j'ai juré de ne jamais impliquer quelqu'un d'autre. Et me voilà, en train de dîner avec Sadie et Allie. Personne ne fera de mal aux filles pendant que nous sommes ici. Je n'ai pas à surveiller mes arrières ou la cuisine constamment. Ils auraient sûrement empoisonné notre nourriture si on avait mangé chez les Italiens.

— C'est ça, dis-je.

Les mensonges les plus simples sont ceux qui sont fabriqués autour de la vérité.

— Et toi ? demandé-je, tournant les questions vers elle. Tu as un petit ami ?

Allie drape sa serviette en tissu sur ses genoux.

— Non.

— Une petite amie ?

— Non, mais c'est très moderne de ta part de demander. Je l'aime déjà bien, dit Allie.

Il y a un énorme sourire sur son visage.

C'est tout ce qu'il faut ? J'aurais pensé que ça aurait été beaucoup plus difficile.

— Tant qu'on pose des questions personnelles, dit Allie.

Il y a une lueur dans ses yeux. Je ne sais pas ce qui va se passer, mais je pense que je devrais être nerveux.

— Tu es le premier garçon que maman amène à la maison. Quelles sont tes intentions ?

— Allie !

Sadie gronde sa fille.

— Je dois veiller sur toi, dit Allie en croisant les bras sur sa poitrine.

Elle est très protectrice.

J'esquisse un sourire.

— Ce n'est pas grave. Je comprends ton inquiétude, dis-je en essayant de rassurer sa fille. Je tiens beaucoup à ta mère.

Encore une fois, ce n'est pas un mensonge. C'est facile de l'admettre, vu que c'est quelqu'un de si bien. Elle m'a énormément aidé. Ne lui dois-je pas la même chose en retour ?

— Mais quelles sont tes intentions ? demande Allie, en faisant des gestes avec ses mains. Vas-tu l'épouser ?

— Ça suffit !

Les joues de Sadie brûlent, et ses yeux sont brillants et écarquillés.

— Je suis désolée, Dmitri. Je ne sais pas ce qui arrive à ma fille.

— Non, ça va, dis-je, en essayant de rester calme. Je comprends. Elle veut s'assurer que je ne vais pas vous faire de mal à toutes les deux. Et je promets que je ferai tout pour que cela n'arrive jamais.

— Dmitri.

Le ton de Sadie est un avertissement.

La mascarade doit se terminer un jour. Nous faisons ça pour qu'Allie ne se doute pas de ce qui s'est passé. La petite n'a pas besoin de savoir que sa mère était ivre, et je ne suis pas un gentleman.

Je ne l'ai pas forcée à faire l'amour. Je ne suis pas un monstre. Mais mes désirs gagnent toujours.

— Dmitri et moi allons y aller doucement, dit Sadie. On ne veut pas se précipiter dans quoi que ce soit.

— Sauf au lit, plaisante Allie.

La bouche de Sadie s'ouvre, choquée par la remarque de sa fille.

— Quand on sera à la maison...

Je prends une gorgée d'eau et me racle la gorge, interrompant la menace de Sadie.

— Ça suffit, Allie. Tu dois montrer un peu de respect à ta mère.

L'adolescente roule des yeux, non pas que je m'attende à un remerciement.

— Je ne pense pas t'aimer finalement.

Je hausse les épaules, sans que cela me dérange le moins du monde.

— Ça ne fait rien. Tu n'es pas obligé de m'aimer. La plupart des gens ne m'aiment pas. J'y suis habitué, dis-je avec un peu trop de désinvolture.

Le front de Sadie est pincé. Elle veut poser une question sur ma remarque, mais elle s'en abstient. Elle tire la langue et se passe la main sur le dessus de la lèvre.

Je lui tends la main et elle la prend en serrant la mienne. C'est plus une poignée de main amicale sans nos doigts entrecroisés.

— Maman, il est nul. Tu devrais le laisser tomber pour le serveur. Il a des yeux de rêve.

— Il est un peu trop jeune à mon goût. Je préfère les hommes âgés, avec de l'expérience.

— Beurk !

Le nez d'Allie se fronce, et ses yeux se ferment.

— C'est dégoûtant.

— Alors arrête d'essayer de choisir mes fréquentations à ma place. Je suis parfaitement satisfaite avec Dmitri.

— Parfaitement satisfaite ?

Je n'aime pas ce que j'entends. Elle devrait crier sur les toits combien le sexe est bon et qu'elle ne veut aucun autre homme que moi. Que personne d'autre n'est comparable. Je lui serre la main avec un sourire.

— Cela signifie qu'il y a de la place pour l'amélioration.

Sadie presse ses lèvres l'une contre l'autre, ses joues sont rouges.

— Ça veut dire que je suis heureuse.

Depuis que je suis allé la chercher, j'ai perdu le compte du nombre de fois où je l'ai surprise en train de rougir. Pourquoi ça ?

— Vous êtes dégueulasses tous les deux, plaisante Allie.

Elle attrape son verre d'eau et le fait tournoyer comme un verre de vin.

— Je suis contente que maman ne m'ait jamais invitée à un de ses rendez-vous parce que vous êtes tous les deux dégueulasses.

— Dégueulasses ? demandé-je.

— Dégueulasses à mort, répond Allie.

— Allie ! s'écrit Sadie.

Mais l'adolescente se contente de hausser les épaules.

— Quoi ? Il a demandé, maman. Je n'aurais rien dit s'il n'avait pas demandé.

Sadie force un sourire en me fixant dans les yeux.

— Tu es sûr de vouloir sortir avec quelqu'un qui a une adolescente ?

C'est la sortie la plus facile qu'elle m'ait donnée, mais je ne suis pas prêt à l'accepter. Nous n'avons pas discuté de la façon dont nous allons rompre notre fausse relation, mais ça ne va pas être à cause de sa fille. C'est la pire des idées.

— Je ne sors pas avec toi à cause de ta fille, dis-je.

C'est un mensonge éhonté. La raison pour laquelle nous sommes dans ce faux rendez-vous et dans cette fausse relation est à cause d'Allie.

Bien que le rendez-vous me semble réel. Juste un peu différent de ce dont j'ai l'habitude. Je ne suis jamais sorti avec une femme qui a un enfant, encore moins une adolescente.

Allie me vieillit rapidement.

La plupart du temps, les femmes avec qui je sors, c'est plutôt pour aller les chercher dans un bar pour une dose de préliminaires épicés et de sexe. Il n'y a pas de vin et de dîner avec mon public habituel. Et elles n'ont jamais plus de vingt-trois ou vingt-quatre ans. J'ai tendance à me diriger vers les femmes qui ne veulent pas s'engager. Elles préfèrent être libres, célibataires, et chercher une nuit de plaisir.

C'est gagnant-gagnant si vous voulez mon avis.

Sadie ne m'a pas avoué qu'elle voulait plus, et pourquoi le ferait-elle ? Ce n'est pas réel.

Ses sentiments sont une comédie. Si elle rougit, c'est sûrement parce qu'elle a peur de mentir à sa fille.

Après le dîner et le dessert, je raccompagne les filles à l'appartement de Sadie.

— Tu peux pas entrer, dit Allie alors que nous approchons de l'immeuble. C'est en cours de fumigation.

C'est un mensonge flagrant. La fille ne sait pas mentir, ce qui est probablement bon pour Sadie.

— C'est vrai ? demandé-je. Tu ne devrais pas entrer si c'est fumigé. Ce n'est pas safe.

Allie jette un coup d'œil à sa mère pour l'aider.

— Tu es toute seule sur ce coup-là, dit Sadie avec un sourire malicieux.

L'adolescente fronce le nez, roule des yeux et entre d'un pas lourd dans le hall de l'appartement.

— Je te proposerais bien de rentrer, mais ce n'est peut-être pas une si bonne idée, dit Sadie.

Je la tire contre moi. Avec une main autour de sa taille, l'autre repousse ses cheveux hors de son visage.

— Elle regarde, dis-je.

— Oh, murmure Sadie. Alors je suppose qu'on devrait s'embrasser.

Ce n'est pas la première fois que nous nous embrassons, mais c'est la première fois que nous sommes tous les deux complètement sobres. Je me penche vers elle mais je fais une pause, assez pour qu'elle finisse la distance pendant que je la taquine. Mes doigts s'emmêlent dans ses cheveux, et ses yeux sont sur mes lèvres.

Elle soupire doucement et penche sa tête vers moi. C'est comme un feu d'artifice. La chaleur qu'elle dégage me traverse et fait battre mon cœur dans ma poitrine.

Je la serre contre moi, je veux sentir chaque centimètre de son corps. Nous nous perdons ensemble, ses doigts sur ma nuque, taquinant mon col.

Je jure que je l'entends ronronner quand mes lèvres se déplacent vers son cou.

— On devrait... Je ne peux pas te laisser entrer. C'est ce qui a commencé ce bordel.

Elle a raison, et je déteste devoir écouter et accepter ses conditions. Qu'est-ce que je ne donnerais pas pour la pencher et enfoncer ma bite en elle pour que le monde entier puisse la voir.

Je me penche, je goûte une dernière fois, je mordille sa lèvre inférieure, je la tire entre mes dents avant de la lâcher.

Un autre gémissement. Sa culotte doit être trempée.

Ma bite remue, et je déteste me retirer, mais je dois le faire avant de nous embarrasser tous les deux.

— Passe une bonne soirée, Malishka.

SEPT

SADIE

Mon cœur claque contre ma cage thoracique lorsque je ferme la porte de l'appartement. Je m'appuie contre le bois, le laissant me soutenir. Mes jambes sont comme du caoutchouc à cause de ce baiser avec Dmitri.

Pourquoi ai-je pensé que l'embrasser sous le porche était une bonne idée ?

Allie est sur le canapé, la télévision allumée, et m'ignore. C'est mieux comme ça. J'ai besoin d'une minute pour me rafraîchir car une douche froide serait trop évidente.

Je me dirige vers le réfrigérateur, l'air froid m'aidant un peu quand je prends une bouteille de vin. Dmitri ne nous avait pas commandé d'alcool pendant le dîner. Il ne l'avait même pas proposé. Était-ce parce que ce n'était pas un vrai rendez-vous ? Ou peut-être que ça avait plus à voir avec la présence d'Allie au dîner ?

Allie m'a déjà vu boire un verre ou deux de vin. Je ne me saoule pas en présence de ma fille. Je ne veux pas qu'elle me voie bourré après une soirée avec mes amis. C'est pour ça que je lui demande de passer la nuit chez une amie ou chez les voisins pour que je puisse me détendre.

Ce qui n'a fait qu'empirer les choses.

Je me glisse hors de mes talons, laisse mon téléphone sur le comptoir, et me verse un verre de rouge. Le goût est doux et juteux. Délicieux.

Demain, je dois m'atteler à la recherche d'un nouveau travail. J'ai passé les derniers jours à postuler et à peaufiner mon CV, mais j'aurai bientôt besoin d'argent pour payer les factures.

Je pose mon verre de vin sur la table de la salle à manger et saisis l'ordinateur portable, l'amenant avec moi pour m'asseoir. Je pianote sur l'ordinateur, ouvre un navigateur Web et jette un coup d'œil aux offres d'emploi. Allie est captivée par une émission de télé-réalité romantique.

Il y a quelques annonces pour du travail de bureau, un bar et un club de strip-tease. Je vais me passer du club de strip-tease, mais je pourrais travailler dans un bar. J'ai été barmaid il y a des années. Pas un de mes jobs préférés, mais ça payait les factures.

Je note les informations sur un bout de papier. L'annonce dit qu'il faut postuler sur place, et ils ne prennent pas les CV en ligne.

Ce bar est vieux jeu à ce point ?

— Je vais sortir un peu, dis-je en fermant l'ordinateur et en versant le reste du verre de vin.

Je ne veux pas être en état d'ébriété quand je me présenterai et proposerai ma candidature, mais ce n'est pas comme s'ils allaient me faire passer un entretien.

— Sortir en douce pour être avec ton petit ami ? ricane Allie.

— Je n'ai pas à faire le mur. Je suis une adulte.

— Peu importe. Je regarde mon émission.

Elle me fait signe de partir, son regard sur la télévision.

C'est samedi soir. Le bar doit être rempli d'invités. Je tape l'adresse sur mon téléphone et saisis une copie papier de mon CV, que je glisse dans une chemise en cuir. Je suis toujours dans ma robe noire, qui est assez présentable pour une candidature. Ce n'est pas une tenue d'entretien, mais au moins je ne suis pas en jean et t-shirt. Je prends un blazer noir pour compléter la tenue.

— Ok, bye.

C'est un soulagement qu'elle ne pose pas d'autres questions car, à un moment ou à un autre, je vais devoir lui dire que j'ai changé d'emploi, ce qui ne posera aucun problème une fois que j'en aurai trouvé un autre.

Je me dépêche de sortir du bâtiment et de rejoindre le métro, pour prendre celui qui traverse la ville. C'est à quelques pâtés de maisons et il commence à faire sombre, mais les routes sont bien éclairées. Il y a assez de passage à cette heure-ci pour que je ne me sente pas isolée.

C'est relativement safe.

Je vérifie deux fois l'adresse du bar sur mon téléphone avant de jeter un coup d'œil devant moi et de le voir. Je me précipite à l'intérieur, devant le videur. Il ne prend pas la peine de vérifier ma carte d'identité. Je ne sais pas si je dois être offensée ou flattée. La musique est forte, elle pulse dans le club. Il y a une foule au bar, et je ne veux pas interrompre le barman pendant qu'il est occupé.

Je jette un coup d'œil au videur.

— Hey, je voulais remplir un formulaire de candidature. J'ai vu l'annonce en ligne que vous recrutez.

Il me regarde de la tête aux pieds et ne donne pas le moindre indice sur ce qui lui passe par la tête.

— Nous sommes occupés.

Son accent est épais. Italien.

— Je sais. C'est pourquoi je pense que je peux aider, dis-je. J'ai été barmaid et serveuse. J'ai aussi travaillé dans un hôtel et je me suis occupée des problèmes des clients. J'apprends vite et je suis rapide. Je cherche juste une candidature.

Il sort un talkie-walkie de sa boucle de ceinture. Je n'avais même pas remarqué qu'il en avait un attaché à sa hanche.

— Patron, une fille cherche du travail ici.

— Renvoyez-la dans mon bureau, répond une voix italienne dans le talkie-walkie.

Le videur pointe vers l'arrière du club.

— Suivez le couloir à l'arrière. C'est par là.

Je suis ses indications et arrive devant une porte en verre dépoli légèrement entrouverte. Je frappe fermement, et elle s'ouvre un peu plus.

— Entrez, dit un homme italien.

Il me fait signe de le rejoindre dans son bureau.

J'entre et je ferme la porte, le bruit et la musique endiablée disparaissant à l'intérieur de la pièce.

— Vous avez une bonne insonorisation ici, dis-je.

— Je ne peux pas me laisser distraire.

Il m'offre un faux sourire. Ce ne sont que des civilités. Je ne pense pas qu'il se soucie de moi, ou peut-être qu'il ne se soucie pas que je sois là.

— Je ne voulais pas venir à l'improviste. J'espérais obtenir une candidature pour une place dans votre établissement. J'ai remarqué que vous aviez un poste pour un barman. J'ai cinq ans d'expérience en tant que barmaid.

— C'est votre CV ? demande-t-il.

Je jette un coup d'œil à sa plaque de nom sur le bureau, Antonio Moretti. Il a les yeux les plus sombres que j'ai jamais vus, bien que ce soit peut-être dû à la lumière tamisée.

— Oui.

J'ouvre le dossier en cuir, lui tendant l'épais papier ivoire avec mes coordonnées.

— Pourquoi voulez-vous travailler ici ?

— De la façon dont je vois les choses, vous avez besoin de moi. Votre barman est occupé, et je suis sûre qu'il n'est pas lent, mais il y a la queue, ce qui signifie soit des clients exaspérés qui vont partir, soit ils commandent moins de boissons, parce qu'il ne peut pas suivre, et ils rentrent chez eux.

Sa mâchoire est ferme, et il pose le CV sur le bureau, en croisant les bras sur sa poitrine.

— Je vais devoir vérifier vos références.

— Je n'en attendais pas moins, dis-je.

— Vous devrez travailler dans l'équipe de pointe tous les week-ends. Les clients donnent de bons pourboires.

Ce sera difficile de ne pas être avec Allie le soir, mais j'ai confiance en ma fille, et je rentrerai tard le soir. Elle ne sera pas entièrement seule. Je m'abstiens de commenter le fait que j'ai une fille ; cela ne me permettra pas d'obtenir cet emploi, et j'en ai besoin pour avoir un toit au-dessus de nos têtes et de la nourriture sur la table.

Bien sûr, j'ai quelques dollars d'économies, mais pas assez pour en vivre indéfiniment. La ville de New York est chère.

— Tu commences demain soir, dit Antonio. Bienvenue dans la famille.

— Merci.

C'est un choix de phrase étrange, mais je n'en fais rien. Peut-être que l'entreprise est familiale, ou qu'il aime traiter ses employés comme une famille.

Antonio me donne le topo de base sur l'heure à laquelle je dois arriver demain, le salaire de base et les règles. Il n'est pas souvent au bureau, et je dois faire mon rapport à un autre membre du personnel. Je le remercie en partant et retourne vers le métro.

Il faisait nuit quand je suis parti, mais maintenant la foule s'est clairsemée dans les rues.

Cela ne me dérange pas de marcher seule, mais je garde un œil sur ce qui m'entoure lorsque j'approche du métro. Il n'y a pas trop de monde, mais les trains passent moins souvent et il y a plus de gens qui se rassemblent sur le quai pendant que j'attends le mien pour rentrer.

Un train s'arrête à la station de l'autre côté des voies. Il se dirige dans la mauvaise direction pour que je puisse rentrer chez moi. Les passagers débarquent, et je jure que je vois Dmitri monter dans l'escalator.

Où va-t-il à cette heure tardive ?

Je ne devrais pas être curieuse.

Cela n'a pas d'importance.

J'envisage de le suivre, mais il va penser que je le harcèle, et je ne suis pas sûre qu'il ait tort. Je me dispute déjà avec moi-même sur ce qui se passera si je me fais prendre.

Mon train s'arrête.

Je dois y monter et rentrer à la maison. Dormir un peu. Et peut-être éviter de boire plus de vin pour la nuit.

———————

Le lendemain, je me réveille avec un message de Dmitri.

Je me suis amusé avec toi et Allie la nuit dernière.

Je m'assois dans le lit et remonte les couvertures autour de moi. Je commence à taper et efface mon message, incertaine de ce que je dois dire.

Moi aussi. Devrions-nous parler de notre rupture ?

Je clique sur envoyer et j'espère que je n'ai pas fait d'erreur. Aurais-je dû suggérer que nous fassions la rupture par texto ? Je veux dire, ce n'est pas une vraie relation de toute façon. Sauf que je n'ai pas envie de rompre avec lui.

Mon téléphone sonne immédiatement pour me signaler qu'il m'appelle.

— Bonjour, dis-je.

C'était rapide.

— Bonjour, Malishka, dit Dmitri. Tu as bien dormi ?

Un sourire effleure mon visage. Je ne devrais pas me sentir aussi étourdie quand je lui parle. C'est juste un ami, avec qui j'ai couché. C'est pas grand-chose.

— J'ai bien dormi. Et toi ?

— La meilleure nuit de sommeil depuis que j'ai été inconscient pendant quoi, six semaines ?

— Ce n'est pas drôle.

Il ne devrait pas plaisanter sur son coma, mais c'est peut-être sa façon de gérer le traumatisme de ce qui s'est passé.

— Tu veux prendre un petit-déjeuner ce matin ? demande Dmitri.

Je regarde l'horloge. Il est un peu plus de huit heures. Allie dormira encore pendant au moins deux heures. Le petit-déjeuner ne serait que pour nous deux.

— Ouais, ce serait cool.

— Super, c'est un date.

Je m'éclaircis la gorge à sa remarque.

— Dmitri, dis-je, mon ton contenant un soupçon d'avertissement.

— C'est juste une expression, détends-toi. Je passerai bientôt.

Je baisse les yeux sur mon pyjama.

— Je dois m'habiller.

— Est-ce que vingt minutes suffisent ?

A peine. Cet homme ne sait pas combien de temps il faut à une femme pour être présentable.

— Je dois prendre une douche.

— Tu pourrais m'attendre, et on pourrait se doucher ensemble, dit Dmitri.

Mon estomac se remplit de papillons.

— On pourrait, mais il n'y a aucun moyen qu'Allie ne nous entende pas.

C'est impossible de se taire avec ses mains sur mon corps et mes entrailles qui le supplient de me baiser.

Un lourd soupir s'échappe de mes lèvres, et je me mords la lèvre inférieure quand je réalise qu'il peut m'entendre.

Il glousse dans son souffle.

— Et si j'étais là dans quarante-cinq minutes ? Ça te laissera assez de temps pour prendre une bonne douche chaude.

J'essaie de ne pas gémir devant les fantasmes qui brûlent dans ma tête de le voir me pousser contre la cabine de douche et me baiser par derrière.

— Super. Je te vois tout à l'heure.

Je ne commente pas sa remarque sur la douche chaude. Ça aurait pu être innocent, et il ne voulait rien dire de sexuel.

De qui je me moque ?

Il m'a proposé de venir et de prendre une douche ensemble.

Dmitri glousse.

— Pense à moi quand tu jouiras, Malishka.

Je gémis involontairement. Cet homme est ma perte absolue.

— Tu viens de ronronner ? demande Dmitri.

Je mets fin à l'appel et me précipite sous la douche, refusant de répondre à sa question.

Que diable a-t-il fait pour me mettre dans un tel état de frénésie ? Je respire profondément et je jure que je peux sentir son odeur masculine dans toute ma chambre. C'est enivrant.

Une personne saine d'esprit laverait les draps.

J'ai envie de me rouler dedans et de me baigner dans son arôme parfumé, qui fait palpiter et frémir mes entrailles.

Putain.

Je ne devrais pas me soucier autant d'un homme que je connais à peine. Un homme avec qui, au dire de tous, je fais semblant de sortir parce que j'ai été surprise avec lui à la maison pendant que ma fille était absente pour la nuit. Je me sens comme une adolescente, cachant à mes parents que je sors avec un garçon.

Sauf que je suis l'adulte, et que Dmitri et moi ne sortons pas ensemble.

Quand est-ce que ma vie est devenue aussi merdique ?

J'allume la douche et j'attends que l'eau chauffe. Comment vais-je faire face à Dmitri pour le petit-déjeuner dans moins d'une heure alors que mon corps picote à l'idée de chevaucher ses hanches ?

Mais qu'est-ce qui m'a pris ? Pourquoi m'a-t-il rendu si excitée ?

Je me déshabille, et on frappe à la porte d'entrée avec insistance. J'attrape le peignoir blanc en éponge suspendu dans ma salle de bains et l'enfile. En sortant de ma chambre, je me dirige vers la porte d'entrée et je regarde par le judas.

Je pensais qu'il allait me donner quarante-cinq minutes. Ça fait quoi, cinq minutes ?

Je demande à Kona de s'asseoir pendant que j'ouvre la porte d'un coup sec.

— Dmitri ?

Ses joues sont rouges, et il y a un regard primitif derrière son regard sombre.

Ses mains sont sur moi, me tirant près et serré. Sa bouche descend affamée sur la mienne comme si sa vie en dépendait.

— Je n'ai même pas mis un pied dans la douche, murmuré-je entre deux baisers.

— Bien. Ça nous laisse tout le temps de nous salir d'abord, grogne-t-il dans mon oreille, mordillant le lobe tandis que ses doigts me serrent plus fort.

Il me fait marcher à reculons vers ma chambre et ferme la porte d'un coup de pied.

— Verrouille-la, dis-je.

Allie est dans la pièce d'à côté, et je ne veux pas qu'elle voie quoi que ce soit.

Il passe la main derrière lui et appuie sur le verrou, nous donnant ainsi notre intimité. Il se débarrasse de sa chemise et de ses chaussures, et me suit.

— J'ai fait couler la douche.

Je me dirige vers la salle de bain et détache le sashay autour de ma taille, laissant la douce robe blanche s'ouvrir, le narguant.

Ses yeux ratissent ma forme nue, et il tend la main vers moi, mais je fais un pas en arrière vers la cabine de douche.

Je fais glisser mes doigts sur son ventre et le long de l'ourlet de son pantalon. Je défais la fermeture éclair de son jean, le débarrassant de ses vêtements.

Dmitri me tire fermement contre lui. Le peignoir tombe à mes pieds.

— Je t'ai dit que je voulais prendre le petit-déjeuner avec toi.

Ses lèvres s'écrasent contre les miennes, se battant avec avidité pour le contrôle.

— Je pourrais te manger et être rassasié.

— D'une certaine manière, j'en doute.

Un gloussement s'échappe alors que ses doigts effleurent ma hanche et que son contact est léger. Je suis chatouilleuse, et bien que je ne pense pas qu'il ait découvert le secret intentionnellement, c'est évident quand je me tortille hors de son emprise.

— Chatouilleuse, dit-il, prenant note alors qu'il m'étudie avec un sourire en coin.

— Douche, maintenant.

Je me glisse hors de son emprise et retrouve mon calme. La douche est chaude, et la salle de bain est assez vaporeuse. Je passe sous le jet, et Dmitri me suit dans la cabine, se tenant derrière moi.

Il n'y a pas beaucoup de nettoyage ou de shampoing en cours.

Ses mains sont dans mes cheveux, tirant ma bouche vers la sienne, me gardant sous son contrôle. Je n'ai jamais été dominée par quelqu'un auparavant, encore moins par un homme dont je ne sais presque rien. Dmitri est un mystère qui doit être résolu.

Il s'est peut-être souvenu de qui il est, mais il m'a donné très peu d'informations. C'est comme s'il se cachait de moi.

Ma tête se penche en arrière alors que ses lèvres caressent mon cou et sucent la peau sensible.

— Ne laisse pas de suçon.

— Pourquoi pas ? Ta fille pense déjà que nous sortons ensemble.

Il me pince le cou tandis que ses mains caressent mes hanches et taquinent mon ventre. Il est lent, méthodique, et ne se précipite pas.

Il me fait tourner et me pousse contre le mur de carrelage froid, me soulevant de mes pieds. J'enroule mes jambes autour de lui, mes bras s'accrochent à son cou. Nos lèvres sont soudées par des baisers profonds et passionnés, chacun plus intense que le précédent.

— Putain, grogne-t-il.

L'eau noie la plupart de nos sons. Du moins, j'espère qu'elle le fait alors qu'il guide sa bite épaisse à l'intérieur de moi, étirant mes entrailles. Gémissant alors qu'il me remplit, mes doigts s'enfoncent dans son dos, mes ongles marquant sa peau à chaque poussée peu profonde.

— Tu me tues.

Je veux qu'il aille plus loin. Ses mouvements sont une torture de la manière la plus délicieuse qui soit.

— J'en doute.

Il embrasse mon cou et mes lèvres. Ses yeux sont lourds, et il fixe mon âme, sa respiration est rauque.

— Dis-moi ce que tu veux.

Mes lèvres s'écartent. Parler demande beaucoup plus d'énergie que je n'en ai.

— Je veux que tu me baises, râlé-je, luttant pour répondre à son regard.

Je veux enfoncer mon visage dans son cou et profiter de l'orgasme. Mais il ne me donne pas chaque centimètre de sa bite épaisse.

— Plus profond.

Il tire ma lèvre inférieure entre ses dents, et la légère douleur se mêle au plaisir lorsqu'il enfonce sa queue dans ma chatte serrée.

Ma bouche se sépare, et je halète alors que nos corps se confondent pour ne faire qu'un.

Putain.

Chaque poussée est plus puissante, comme un courant qui monte, et je suis sur le point de me noyer.

J'ai du mal à respirer. Mes entrailles se serrent sur sa bite, le premier des nombreux spasmes me traverse comme une décharge électrique.

Dmitri se retire, me laissant sur des jambes tremblantes.

— Quoi ?

Je regarde en l'air, désespérée d'en avoir plus. J'étais si près du bord, et il m'a privée de ma douce libération.

Il sourit, et sa bite est dure comme de la pierre.

— Tu es un connard, marmonné-je.

Sa main saisit ma mâchoire, ramenant mes lèvres contre les siennes avant qu'il ne me fasse tourner pour me mettre face au mur, le carrelage froid sur ma joue alors qu'il écarte mes jambes et que ses doigts effleurent mon trou arrière. J'halète au contact et à l'attente. Est-ce qu'il me taquine, ou va-t-il enfoncer sa bite dans mon cul ?

Je n'ai jamais fait ça avant. Je ne suis pas sûre de ce que je ressens à ce sujet.

— Tu me fais confiance ? demande Dmitri.

Je hoche la tête.

— J'ai besoin d'une confirmation verbale.

— Oui, chuchoté-je.

— Gardez tes mains sur le mur.

Il appuie mes mains contre le carrelage, puis fait reculer mes hanches vers lui. Je suis penchée en avant, les fesses à l'air, à moitié courbée vers l'avant. Je lui jette un coup d'œil par-dessus mon épaule alors qu'il caresse mes fesses et les gifle.

Mes joues se serrent, et je halète au contact.

— Tu as aimé ça, Malishka ?

— Oui.

J'halète, surprise par mon aveu.

Une main caresse entre mes plis, découvrant ma mouillure.

— Veux-tu que je te laisse jouir ?

— Oui, s'il te plaît.

— Pas encore, dit Dmitri.

Je jure qu'il sourit, mais je ne peux pas voir son visage. Mes entrailles tremblent et frémissent. Ma chatte a envie de se libérer, et il me taquine avec ses doigts, caressant mes lèvres et mon corps humide, mais évitant mon clito douloureux.

Mes cuisses se serrent, voulant qu'il atteigne ce point parfait.

Il me tapote la chatte.

— C'est ça que tu veux ?

— Oui.

Ma mâchoire s'ouvre, buvant l'air, mes entrailles palpitant et pulsant. Je suis si proche, et il n'est même pas en train de me baiser.

— Mon Dieu, tu es si sexy, Sadie. Je veux enfoncer ma bite dans ton petit trou serré.

— Lequel ?

Il glousse à ma question.

— C'est une bonne fille.

Son doigt se promène sur mon trou arrière, appuyant légèrement à l'entrée, me forçant à me tortiller avec anticipation.

— C'est ça que tu veux ? Tu veux que je te touche ici ?

— Peut-être ?

— Il me faut un oui ou un non, Sadie.

L'entendre dire mon nom me fait vibrer. Ma tête est dans le brouillard, mon corps est entièrement à lui.

— Oui, murmuré-je, surprise par mon admission.

Son doigt continue de taquiner mon trou, mais il ne dépasse pas l'entrée.

Mes hanches se tortillent et se balancent alors que je sens la tête de sa bite taquiner ma chatte par derrière.

— S'il te plaît, haleté-je.

Il me rend désespérée. Mes hanches poussent, le désirant, espérant qu'il me laisse atteindre la libération.

— Je te veux tellement, râle Dmitri en me mordillant l'oreille. Mais ton derrière devra attendre. Je veux d'abord baiser ta chatte serrée.

J'halète, et sa main effleure mon ventre et descend dans mes boucles alors qu'il enfonce sa bite plus profondément en moi. Il m'étire, s'enfonçant dans ma chaleur. Mes entrailles ont des spasmes, elles se rapprochent de l'orgasme.

Chaque poussée est plus puissante, et je me serre autour de sa bite comme un feu d'artifice qui explose en moi.

———

On devrait parler de notre inévitable rupture.

Mais tout ce à quoi je pense est de ramener Dmitri à la maison et de le baiser à nouveau. Il est une drogue à laquelle je suis accro et je ne pense qu'à lui. Et je me déteste pour ça.

Assise en face de lui pour le petit déjeuner, mes yeux le ratissent.

— Tu vois quelque chose qui te plaît ? demande Dmitri.

Un sourire en coin orne son visage, et la pièce semble plus chaude de plusieurs degrés qu'il y a quelques secondes.

Il ne parle pas de l'assiette de nourriture qu'il a commandée devant lui.

J'attrape mon verre de jus d'orange et en prends une gorgée pour me distraire.

— Est-ce que tu traînais devant mon appartement ce matin quand tu as appelé ? demandé-je.

— Quelque chose comme ça, répond-il de façon énigmatique, en prenant une bouchée de son bacon. J'ai besoin d'une faveur.

— Ouais, bien sûr, dis-je en haussant les épaules.

Je pose le verre à moitié vide sur la table. Je récupère ma fourchette et prend ma nourriture. Mon estomac est rempli de papillons. Qu'est-ce qu'il peut bien vouloir de moi ?

— Un de mes amis va se marier, et j'ai besoin qu'on m'accompagne à son mariage.

— Et tu veux que je sois cette accompagnatrice ?

— Je veux que tu sois ma fausse petite amie.

Je rigole dans mon souffle. Les lignes sont déjà floues, et il veut continuer cette petite mascarade entre nous deux ?

— Qu'est-ce que ça implique ?

Ce n'est pas comme si on ne s'était pas embrassé ou emmêlé dans les draps. Et Dmitri n'est pas mauvais pour les yeux. Prétendre être sa petite amie n'est pas la pire des demandes.

— Deux dîners et un mariage.

— Quoi ? Trois rendez-vous ? Je ne suis pas une si bonne actrice.

Je pourrais peut-être m'en sortir avec un rendez-vous ou un mariage où ses amis ne feraient pas attention à nous, mais à trois occasions différentes ?

Est-ce qu'il essaie de me torturer ?

— Mes amis veulent te rencontrer, dit Dmitri.

— Ils ne peuvent pas me rencontrer au mariage ?

— Il y a aussi le dîner de répétition la nuit avant le grand jour. Allez, viens. Je t'aide avec Allie.

— On est censés se séparer.

A-t-il oublié le plan ?

— Et on le fera après le mariage. On prendra des chemins différents. Pas de problème.

Il prend une gorgée de son café.

— Qu'est-ce que tu en dis ?

Il me fixe du regard.

— Je t'ai aidé avec Allie, me rappelle-t-il.

C'était une nuit. Là, c'est trois occasions différentes.

— Bien, dis-je.

Je prends une de ses saucisses dans son assiette.

— Si on fait semblant de sortir ensemble, je peux voler de la nourriture dans ton assiette.

Un sourire malicieux traverse les traits de Dmitri.

— Tu peux prendre tout ce que tu veux dans mon assiette, y compris les saucisses.

Je m'ébroue à sa remarque, et je suis sûre que je rougis.

— Tout ce que je veux ? Je vais m'en souvenir, plaisanté-je.

HUIT

DMITRI

— Vraiment ? Tu as une petite amie ?

Luka n'est pas convaincu que je vois une fille, et de notre sérieux.

Pourquoi le serait-il ? C'est pas comme s'il m'avait déjà vu passer du temps avec une fille en dehors d'un bar. Et il a raison. Sadie n'est pas comme les autres filles avec qui j'ai couché. Elle est différente.

Pour commencer, ce que nous avons n'est pas réel. Le sexe, par contre, c'est de la dynamite.

— Elle s'appelle Sadie, dis-je, comme si ça allait soudainement le faire me croire.

— Et tu l'amènes au mariage ?

Ses yeux sont étroits, pas convaincus.

— C'est ta sœur ou quoi ?

— C'est ma petite amie, répété-je. Les choses qu'on a faites seraient illégales si elle était ma sœur.

Luka glousse dans son souffle et croise ses bras sur sa poitrine.

— Bien, mais je ne te croirai pas tant que je ne l'aurai pas rencontrée. Cette fille pourrait être le fruit de ton imagination. Tu as une belle cicatrice, dit-il en désignant la marque sur mon front.

— Que dirais-tu d'un dîner lundi soir ?

Mikhail a été très clair sur le fait que je dois vanter les mérites de ma fausse petite amie avant le mariage.

Et la vérité, c'est que ça ne me dérange pas de sortir Sadie, de la faire boire et manger. Je préférerais qu'elle ne soit pas en compagnie de la bratva, mais je ne peux pas réparer cette erreur. Mikhail est au courant pour elle et veut se servir de nous deux pour préserver son image.

Typique d'un Pakhan. Il ne s'inquiète que de sa réputation.

— Lundi, ok, dit Luka. Même si je dois te prévenir, Hannah est dans sa phase d'organisation du mariage. En ce moment, elle ne semble parler que de ça.

— Tu me préviens qu'elle pourrait mettre des idées dans la tête de Sadie ?

Heureusement que nous ne sommes pas sérieux, et que cette relation est fausse.

— Ouais, je jure que c'est tout ce dont Hannah discute avec Madisyn.

— Ton mariage est dans moins d'un mois. Je suis sûr que ça va se calmer après. Est-ce que vous allez quelque part pour votre lune de miel ?

C'est bon d'être de retour, dans le feu de l'action. Je n'avais pas réalisé tout ce que j'avais manqué ces dernières semaines.

— J'ai loué un de ces bungalows sur l'eau dans les Caraïbes.

Luka sort son téléphone et me montre la page marquée d'un signet avec les photos de la villa.

— La cabane individuelle dispose d'une piscine privée à débordement et d'un hamac au-dessus de l'eau.

— Et des sols en verre, dis-je en prenant note des photos de l'intérieur.

La villa est magnifique, et je suis sûr que cela a coûté cher à Luka de sécuriser l'endroit pour quelques jours.

— Vous restez combien de temps ?

— Nous allons à Montego Bay pour deux semaines. J'ai fait une affaire puisque c'était à la dernière minute, mais ne le dis pas à Hannah.

Je souris et secoue la tête.

— Ne t'inquiète pas. Elle sait que tu l'emmènes en Jamaïque au moins, ou c'est aussi une surprise ?

— Oh, elle sait où nous allons pour la lune de miel mais pas la villa. J'ai hâte qu'elle me remercie à plusieurs reprises.

Le sourire sur le visage de Luka est suffisant. Il imagine probablement toutes les choses dégoûtantes qu'il fera avec Hannah lorsqu'ils seront seuls ensemble et nouvellement mariés.

— Espérons qu'elle aime l'océan et qu'elle sache nager.

Le sourire disparaît du visage de Luka.

— Ne fais pas le con.

Je lève les bras en l'air.

— Je suis sérieux. Si la fille a peur de l'eau, tu l'emmènes dans une cabane au milieu de l'océan.

— Ce n'est pas le milieu de... oh putain. Je devrais probablement me renseigner.

— Demande à Madisyn de lui demander.

Luka secoue la tête et se frotte la mâchoire.

— Cette femme ne sait pas garder un secret.

— Elle a caché à Mikhail le fait qu'elle était un agent du FBI.

Si Madisyn veut garder un secret, elle est tout à fait capable de se taire.

Luka n'est pas d'accord avec moi.

— Madisyn et Hannah sont meilleures amies. Juste... non. Je ne dirai rien à Madisyn. Et ta copine ?

— Sadie ? Quoi ?

Où va-t-il avec sa question ? Mon estomac se retourne quand ses yeux s'illuminent comme s'il venait de trouver un plan d'ensemble qui ne peut que se retourner contre moi.

— Pendant le dîner ensemble, convaincs Sadie de parler à Hannah de l'océan, de la natation, de tout ce qui pourrait faire en sorte que cette idée de lune de miel soit bonne.

— Tu veux que je parle à Sadie de ton petit secret de lune de miel ?

Je passe une main dans mes cheveux. Sadie et moi nous parlons à peine en dehors de nos moments ensemble. Nous ne sommes pas un vrai couple qui sort, envoie des textos, discute.

Nous sommes plus comme des amis avec des avantages - qui s'entraident aussi.

— Eh bien, puisque tu le proposes, dit Luka. Ce serait apprécié.

Je n'ai pas vu Sadie depuis le petit déjeuner ensemble. Je lui ai envoyé plusieurs textos pour m'assurer qu'elle était disponible lundi soir pour dîner. Nous n'avons pas parlé au téléphone. Quand j'ai essayé de l'appeler, je suis tombé directement sur la messagerie vocale, et c'est la même chose quand elle m'a appelé.

C'est comme si notre timing était complètement différent.

Ce qui serait bien, sauf que j'ai besoin de coacher Sadie sur ce dont elle doit discuter avec Hannah.

Je vais chez elle, apportant deux bouquets avec moi.

Allie ouvre la porte et me regarde de la tête aux pieds. Je suis censé avoir l'approbation de la gamine ?

— Elles sont pour moi ?

Ses yeux s'illuminent.

Je suis soulagé d'avoir pensé à lui apporter un bouquet, même si elle ne sort pas avec nous ce soir.

— C'est pour toi, dis-je en lui tendant le bouquet mixte.

Les roses sont toujours dans ma main, je veux les donner à Sadie.

Tant qu'on fait semblant de sortir ensemble pour moi, on est d'accord pour continuer la comédie devant Allie. Sinon, ça ne fera que poser plus de questions. Nous ne voulons pas que notre plan se retourne contre nous.

— Merci, dit Allie.

Ses yeux s'illuminent alors qu'elle me prend les fleurs et se précipite dans la cuisine.

— Je pense que tu as encore gagné son approbation, dit Sadie en arrivant.

Elle porte une robe violet foncé qui épouse ses courbes et des talons aiguilles noirs. Les chaussures à elles seules me font bander, en l'imaginant dans rien d'autre qu'elles.

Je m'éclaircis la gorge et j'essaie de faire taire ma bite.

— Elles sont pour toi, dis-je, en lui tendant les fleurs.

— Elles sont magnifiques, mais tu n'avais pas à...

— Je voulais le faire.

Ne réalise-t-elle pas à quel point elle est spéciale ? Nous n'avons pas besoin d'être dans une vraie relation pour que je l'apprécie.

Après avoir manipulé le bouquet et mis les fleurs dans l'eau, nous nous dirigeons vers mon véhicule. J'ouvre la porte du passager et la laisse entrer avant de me précipiter du côté du conducteur.

— Merci encore de faire ça, dis-je.

Je m'engage dans la circulation, et Sadie arrange sa jupe. Ses doigts tambourinent sur ses jambes.

— Ce n'est pas un problème. Allie a prévu de regarder une nouvelle série ce soir, donc tu m'as pour toi tout seul.

J'aimerais avoir Sadie pour moi tout seul. Ce serait bien plus agréable que de prétendre que nous sommes un couple.

— Nous allons dîner avec Luka et Hannah, dis-je, en la mettant au courant des événements de ce soir.

Nous n'avons pas concocté l'histoire de notre rencontre ou quoi que ce soit concernant notre relation. Je ne suis pas trop inquiet. Luka ne devrait pas poser beaucoup de questions, et s'il a raison au sujet de l'état d'esprit d'Hannah, elle sera concentrée sur le mariage à venir, ce qui devrait faciliter la soirée.

— Luka est l'un des hommes avec qui je travaille, et il dirige le club.

— Quel genre de club ?

Son innocence est si sereine et douce.

— C'est un club de strip-tease.

Je lui jette un bref regard avant de reporter mon attention sur la route.

— Oh.

J'ai dû oublier de le dire quand je lui ai envoyé le message que j'avais récupéré mon ancien travail. Je suis sûr que je lui ai dit que je faisais la sécurité dans un club. Je ne suis pas un videur, mais je surveille la porte d'entrée pour m'assurer que personne d'indésirable n'y mette les pieds, comme la mafia italienne ou le cartel colombien.

Nous avons déjà eu des problèmes avec eux. Les Italiens ont détruit notre club il y a quelques mois, et Mikhail ne veut pas que ça se reproduise. Mon travail est de m'assurer que ceux qui mettent les pieds à l'intérieur sont des invités bienvenus.

— Club Sage, dis-je. Je suis sûr de l'avoir déjà mentionné.

— Juste que tu travailles dans un club, dit-elle.

Elle se déplace sur le siège avant, en me regardant.

— Est-ce qu'il t'arrive que les filles du club dansent pour toi ?

— Non, ce serait très inapproprié. De plus, je ne paye pas pour le divertissement.

Je m'arrête à un feu rouge. La circulation est dense. L'heure de pointe ne semble jamais finir à New York.

— Et si c'était gratuit ?

Sa voix est douce, hésitante.

— Est-ce qu'elles t'offrent une danse parce que tu leur plais ou parce qu'elles veulent quelque chose de toi ?

— Je ne suis pas intéressé par les filles du club.

Je la fixe du regard.

Elle respire bruyamment, et je jette un coup d'œil sur la route alors que la circulation commence à avancer.

Je jure que j'entends un soupçon de jalousie dans sa question. Et ça ne devrait pas avoir d'importance parce que nous ne sommes pas un couple, et ce n'est pas une vraie relation. Mais je n'ai jamais fantasmé sur aucune des filles du club.

Elles sont mignonnes, mais la plupart sont trop jeunes et à peine légales. Ce n'est pas mon truc. Je préfère une femme avec un peu plus d'expérience et des courbes pulpeuses. Une vraie femme, qui sait ce qu'elle veut et ne joue pas à des jeux.

Avec mon attention sur la route, je lui tends la main, croisant nos doigts ensemble.

— Ça va ?

Ce n'est pas comme si nous ne nous étions jamais tenu la main devant Allie, mais là, c'est un peu plus intime et moins des amis qui se tiennent la main.

— Oui, dit-elle.

Sa voix grince, et elle se racle la gorge.

— Luka ne croira pas que nous sommes ensemble s'il n'y a pas de contact physique entre nous. J'ai tendance à être affectueux avec les femmes que je fréquente.

— Donc, tu as amené d'autres femmes pour rencontrer tes amis ?

Je jure qu'il y a un soupçon de jalousie dans son ton.

— Non, mais ils m'ont vu avec d'autres femmes.

Bien que je n'aie pas de relation avec les danseuses du club, j'ai rencontré une poignée de femmes dans un bar ou dans le club en dehors des heures de travail.

Je lui jette un bref regard alors que nous passons lentement devant le restaurant. Il n'y a pas de valet ni de parking. Ce n'est pas l'un des restaurants que nous possédons, sinon j'aurais une place pour me garer. Je me dirige vers le parking le plus proche.

— Il y a une autre chose dont on n'a pas discuté.

— Qu'est-ce que c'est ? demande-t-elle.

Je suis les autres voitures dans le parking jusqu'à ce que je trouve une place.

— J'ai besoin que tu demandes à Hannah si elle aime la plage.

C'est une question bizarre.

— Bien sûr, dit Sadie avec un sourire chaleureux.

Elle me serre la main avant que nous sortions du 4x4.

Ensemble, nous parcourons les quelques rues qui nous séparent du restaurant grec que Luka a choisi.

— J'espère que c'est bon, dis-je en ouvrant la porte à Sadie.

— Je n'ai jamais mangé ici, mais ça sent bon, dit-elle lorsque nous entrons dans le restaurant.

Luka est déjà assis à une table avec Hannah. Il fait un signe de tête, et Hannah nous salue avec un énorme sourire sur le visage.

Je glisse ma main dans celle de Sadie alors que nous marchons dans le restaurant vers notre table. Je relâche ma prise et tire sa chaise pour qu'elle s'assoie.

— Merci, dit-elle en me faisant un sourire penaud.

— Wow, dit Hannah en frappant le bras de Luka. Tu devrais faire ça pour moi.

— Je vais t'épouser, ça ne compte pas ? demande Luka.

Il sourit effrontément et attrape la main d'Hannah, qu'il serre bien en évidence.

Nous nous présentons rapidement en prenant place à la table.

Sadie sourit chaleureusement, jette un coup d'œil au menu et passe la commande avant d'adresser sa question à Hannah.

— Comment se passe l'organisation du mariage ?

Luka gémit et détache sa main de celle de sa fiancée tandis qu'il attrape son verre d'eau et en boit une gorgée.

— Je vais avoir besoin de quelque chose de plus fort, murmure-t-il d'un ton enjoué.

Hannah lui donne un coup de coude.

— Je te jure que tu étais plus romantique avant de faire ta demande.

— Vous êtes mignons tous les deux, dit Sadie, un sourire chaleureux sur le visage.

Cette fille s'intègre parfaitement, comme si elle avait été choisie pour ce rôle et qu'elle avait attendu toute sa vie pour le jouer.

— Comment vous êtes-vous rencontrés ?

— C'est une longue histoire, dit Hannah en riant. On s'est rencontrés, on est sortis ensemble, mais on n'a pas repris contact pendant un moment.

— Notre fils, Zion, avait deux ans quand je l'ai enfin rencontré.

— Ce n'est pas de ma faute. Je ne savais pas comment te trouver, et j'ai essayé.

Les yeux d'Hannah sont grands, et Luka se penche et dépose un baiser sur ses lèvres.

— Je sais, Zaya.

Je détourne mon regard, et Sadie prend ma main, entrelaçant nos doigts. La fille ne manque pas un battement.

— Alors, vous avez parlé d'enfants ? demande Hannah, changeant de sujet.

— J'ai une fille, dit Sadie. Elle vient d'avoir 13 ans.

— Oh wow, une adolescente ou ce que j'aimerais appeler une baby-sitter intégrée. Je peux avoir son numéro ? demande Hannah.

Sadie glousse.

— Elle n'a pas de téléphone portable, mais je peux te donner mon numéro et mes coordonnées.

Hannah sort son téléphone, prête à prendre l'information.

Je jette un coup d'œil à Sadie. Elle n'a pas à faire ça. Cela ne va-t-il pas compliquer les choses après notre rupture ? Elle me sourit de manière rassurante et les filles échangent leurs numéros de téléphone.

— Alors, qui surveille Zion pendant que vous êtes en lune de miel ? demandé-je.

— Nous avons discuté de la possibilité d'engager une nounou à la maison et de lui demander de s'occuper de Bay pendant notre absence. Nous avons aussi des amis très proches qui sont là pour s'assurer qu'on s'occupe bien d'elle, dit Hannah.

— Nous en avons parlé, mais rien ne s'est passé, dit Luka. Nous ne pouvons pas confier Bay à une étrangère. Elle a besoin de temps pour apprendre à connaître la nouvelle nounou.

— Je sais. C'est pourquoi Madisyn a aussi proposé son aide.

— Et je suis sûre qu'Allie serait heureuse de venir jouer avec Zion après l'école. Dmitri a mentionné que vous alliez vous marier le week-end de la fête du Travail.

— C'est exact, dit Hannah. Puis nous irons en Jamaïque pour notre lune de miel de deux semaines.

— C'est super, dit Sadie. Je parie que tu aimes la plage. Le sable. Le soleil. Surf ?

— J'adore nager, mais je n'ai jamais fait de surf. On peut faire ça pendant qu'on est en Jamaïque ?

— On verra, dit Luka en riant et avec un large sourire.

C'est comme si la tension s'était échappée de lui.

— Et vous deux ? demande Hannah. Luka ne m'a pas dit comment vous vous êtes rencontrés.

Je regarde Sadie et réponds avant qu'elle ne puisse concocter une histoire.

— Sadie est sortie des sentiers battus et s'est perdue dans les bois lors d'une course. Elle est tombée sur moi par hasard après qu'on m'ait tiré dessus.

L'histoire est proche de la vérité, mais je ne veux pas que Luka ou quiconque au sein de la bratva soupçonne qu'elle ait pu être témoin de quoi que ce soit.

— Ça aurait pu être dangereux, de se perdre dans la forêt, dit Hannah. Tu vois, c'est pour ça que je ne cours pas.

— Je ne sais pas. Tu cours souvent après Bay, dit Luka.

— Je le faisais quand elle était petite. Elle s'est beaucoup améliorée ces deux derniers mois. T'avoir près d'elle a aidé.

Ils se regardent dans les yeux, oubliant momentanément que Sadie et moi sommes à la même table.

— Prenez une chambre, murmuré-je.

Sadie glousse à ma remarque.

— Tu ne ressens pas ça pour moi ?

— Oh, si, Malishka.

Mes doigts se déplacent sous la table, se posant sur son genou.

Je jure que j'entends la femme ronronner, et ma bite tressaute au son qu'elle émet.

— L'effet que tu me fais... grogné-je.

Sadie s'éclaircit la gorge et, tout en me regardant fixement, fait un signe de tête en direction du couple avec lequel nous dînons, comme s'ils se souciaient de notre petit moment d'intimité.

Luka me regarde fixement, un large sourire sur le visage.

— Et tu disais ?

Il me taquine. Il se trouve qu'il a entendu mon commentaire sur le fait qu'ils avaient besoin d'une chambre tous les deux. Je prendrais volontiers une chambre d'hôtel avec Sadie pour adorer son corps et avoir toute la nuit pour la rendre folle et enfouir ma bite en elle. Mais on ne peut pas laisser sa fille seule à la maison toute la nuit.

Personne ne m'a dit que sortir avec une femme qui a un enfant rendrait les choses difficiles.

Je me déplace sans ménagement sur la chaise. J'ai besoin d'orienter la conversation sur quelque chose qui endort ma bite, au moins pour un petit moment. Bien que la robe violette profonde que porte Sadie et son décolleté n'aident pas vraiment.

Elle est positivement éblouissante et radieuse.

Je suis soulagé quand la serveuse apporte nos dîners sur la table.

— Tout a l'air délicieux, dit Sadie.

Nous nous enfonçons dans nos repas, la conversation prenant momentanément du recul pendant que nous mangeons.

— Quelqu'un veut-il un dessert ? demandé-je, en fixant Sadie du regard.

J'ai déjà trop mangé, mais je cherche n'importe quelle excuse pour passer quelques minutes de plus ensemble lors de notre faux rendez-vous, qui semble réel.

— Je vais partager le dessert avec toi, dit-elle, la voix basse et rauque.

Ma bite se tortille dans mon pantalon. J'ai envie de desserrer ma cravate. La pièce est étouffante. Quelqu'un a allumé le chauffage ?

— Sadie, que fais-tu dans la vie ? demande Hannah.

La serveuse débarrasse les plats de notre table et apporte deux menus de desserts pour que nous puissions y jeter un œil.

— Je suis barmaid.

— Tu ne m'as pas dit que tu avais trouvé un nouveau travail, dis-je.

Elle force un sourire et s'empresse de me corriger.

— Oui, j'ai commencé l'autre jour.

— C'est où ? On s'y arrêtera pour boire un verre un jour, dit Luka.

J'attrape mon verre d'eau, la bouche sèche. J'aimerais passer là où elle travaille et la taquiner. Flirter. La séduire.

— Le Moretti's.

Je m'étouffe avec mon eau et pose le verre sur la table. Elle est barmaid dans le bar d'Antonio Moretti ? Il dirige la mafia italienne !

— Tu ne travailles pas pour lui ?!

Mon ton dégouline de dégoût.

— Quoi ? Pourquoi pas ?

Je ne peux même pas regarder Luka ou Hannah. Pourtant, je sens leurs regards enflammés qui me transpercent. Je fais signe à Sadie de m'accompagner, loin de la table avec nos amis.

Ses sourcils se crispent et elle pose sa serviette en tissu sur la table en se levant. Elle m'accompagne à l'arrière du restaurant, dans le couloir, juste à côté des toilettes.

— Tu ne peux pas travailler pour Antonio Moretti.

— Tu le connais ?

La fille n'a aucune idée de la profondeur de ses relations avec la mafia.

— Il dirige la putain de mafia italienne.

je fulmine. Je passe une main dans mes cheveux. Mon cœur bat contre ma cage thoracique. La colère m'envahit.

— Depuis combien de temps ?

— Quoi ?

Elle fronce les sourcils, incertaine de ma question.

— Depuis combien de temps travailles-tu pour lui ?

— Juste quelques jours. J'avais besoin d'un travail et j'ai vu que le bar embauchait, et ils étaient occupés. Le salaire est décent, et les pourboires couvrent toutes mes dépenses et même plus.

Comme si cela allait me faire soudainement apprécier Moretti.

— Non, dis-je.

— Non, quoi ?

Elle croise ses bras sur sa poitrine.

— Tu ne vas pas travailler pour la famille Moretti. Tu lui appartiendras.

Sadie roule les yeux. Elle ne comprend pas la gravité de la situation.

— Je travaille déjà pour lui, Dmitri. C'est pas grand-chose. Peu importe ce que tu penses qu'il fait, l'entreprise qu'il dirige où je travaille est propre. C'est légitime et sûr. Je vais bien. Tu as besoin de te détendre.

Elle se tourne vers l'arrière, vraisemblablement vers la table. Je l'attrape par la taille, la tournant vers moi.

— Nous n'avons pas fini.

— Eh bien, moi si. Arrête de me malmener, dit Sadie, en se dégageant de mon emprise.

Elle se précipite vers la table, ouvre son sac à main, dépose quelques dollars sur la table pour son repas, et s'enfuit par la porte d'entrée.

— Putain !

NEUF

SADIE

Pour qui se prend-il, à me dire ce que je peux ou ne peux pas faire ?

Dmitri ne me contrôle pas.

Il n'a pas son mot à dire sur mon lieu de travail.

Bon sang, on ne sort même pas vraiment ensemble ! Je suis furieuse. Mes entrailles bouillonnent, et après avoir déposé assez d'argent sur la table pour payer mon dîner, je quitte le restaurant en vitesse.

Antonio Moretti, la mafia italienne ? Je n'y crois pas.

Oui, il est italien, mais ce n'est pas parce qu'il est d'origine italienne qu'il travaille automatiquement pour la mafia.

J'ai travaillé une poignée de nuits au bar. Je n'ai rien vu qui prouve l'histoire de Dmitri ou quoi que ce soit de louche.

Antonio est rarement au bar. Je l'ai rencontré le jour de mon entretien, c'est la dernière fois que je l'ai vu.

Mais cela ne veut rien dire.

Il est probablement occupé par d'autres projets ou s'occupe d'autres affaires en dehors des heures de pointe. Il pourrait diriger un second bar ou un club.

Dmitri doit sortir de ma tête. Je retourne dans la direction de mon appartement. C'est trop loin pour faire tout le chemin à pied, mais je suis en ébullition et j'ai besoin d'un moyen de libérer mon énergie débordante.

J'ai déjà parcouru plusieurs pâtés de maisons quand un SUV noir s'arrête à côté de moi. La vitre arrière se baisse.

Antonio Moretti est assis derrière le siège du conducteur alors que quelqu'un lui sert de chauffeur. Il me jette un coup d'œil.

— Il est tard, Sadie. Laisse-moi t'emmener.

Je me mords la langue. Il n'y a aucun signe de Dmitri, pas que ça ait de l'importance. Il a clarifié sa position, et j'ai clarifié la mienne tout autant.

— Vous pouvez me déposer à mon appartement ? demandé-je, en marchant vers le SUV.

— Bien sûr, donne juste ton adresse au chauffeur, dit Antonio.

Dmitri a perdu la tête.

Il est impossible que cet homme soit avec la mafia italienne.

Peut-être s'agit-il d'un autre Antonio Moretti, ou Dmitri est juste complètement délirant. J'ouvre la porte arrière, donne mon adresse au chauffeur et me glisse dans le véhicule à côté d'Antonio.

— Je dois dire que je suis surpris de trouver marchant seule à cette heure et assez loin de chez toi, étant donné que le métro est dans la direction opposée.

Antonio est observateur. Je lui accorde ça.

— Mauvais date, dis-je, sans vouloir m'étendre davantage.

Il glousse et acquiesce d'un air entendu.

— Je me souviens de cette époque avant que j'épouse ma *Tesorina* et que je me pose, dit-il.

Je jette un coup d'œil à sa main, remarquant l'alliance.

Si ce que Dmitri a dit était vrai et qu'Antonio était le chef de la mafia italienne, quelle femme voudrait l'épouser ? Il serait un monstre selon la définition de Dmitri.

Je ne peux pas lui demander s'il travaille pour la mafia. Même si c'est le cas, il ne va pas se dévoiler. Les hommes comme lui sont secrets à cause de leurs affaires louches.

— Qu'est-ce qui vous amène ici ? demandé-je

De temps en temps, je jette un coup d'œil par la fenêtre pour m'assurer que nous allons dans la bonne direction, celle de mon appartement.

Je suis paranoïaque. Je blâme Dmitri pour mes inquiétudes ridicules.

— Je viens de déposer ma fille, Sophia, à une soirée pyjama.

Si ce n'était pas l'été, je me demanderais quel genre de parent dépose son enfant un lundi soir pour une soirée pyjama, mais Allie n'est pas à l'école pour quelques semaines encore, et je suis sûre que Sophia l'est aussi.

— Quel âge a Sophia ?

— Elle vient d'avoir cinq ans. Les jumeaux grandissent si vite, dit Antonio.

— Des jumeaux ? Je ne peux pas imaginer en avoir deux à cet âge. J'ai ma fille, elle a treize ans, et je jure que c'est tout ce que je peux gérer. Une adolescente à la fois.

— J'ai beaucoup d'aide de ma femme, Aleksandra.

— C'est merveilleux.

A la façon dont il parle, il est clair qu'il admire Aleksandra. Je ne peux pas imaginer qu'un homme comme lui soit le monstre que Dmitri croit qu'il est.

Nous tournons au coin de la rue et nous nous rapprochons de mon appartement.

— Je déteste demander ça, dit Antonio. Mais ça te dérange si j'utilise tes toilettes ? Je jure que je n'en ai que pour une minute.

J'ouvre la bouche. Quelque chose me dit que je devrais dire non, mais je ne trouve aucune raison logique de refuser.

Il n'est pas le moins du monde énergique ou brutal.

Antonio semble inoffensif.

— Oui, bien sûr. Vous devrez juste excuser le désordre. Je suis sûre que ma fille Allie a mis tous les encas sur la table basse et dans la cuisine. Elle est en train de regarder son nouveau reality show préféré.

Le chauffeur s'arrête devant l'immeuble. Il laisse le véhicule en marche, sort et fait le tour, et m'ouvre la porte arrière. Je sors la première sur le trottoir et j'attends qu'Antonio me suive.

— Quelle est cette émission ? demande Antonio.

— Love Vanilla.

Je récupère les clés de mon sac à main et déverrouille l'entrée principale. Nous nous dirigeons vers l'ascenseur, et j'appuie sur le bouton du sixième étage.

— Aleksandra adore cette série, dit Antonio. Bien qu'elle ait du mal à la regarder en boucle à cause des jumeaux. Nous avons convenu de surveiller ce qu'ils regardent.

— C'est intelligent, surtout quand ils sont si jeunes.

Je sors de l'ascenseur une fois que nous sommes arrivés au sixième étage, et il me suit de près. Je déverrouille l'appartement et le laisse entrer.

— Tu es rentré tôt... dit Allie.

Elle jette un coup d'œil derrière moi avec un froncement de sourcils sur son visage. Elle ne reconnaît pas Antonio, et pourquoi le reconnaîtrait-elle ? Elle est trop jeune pour aller dans un bar, et si je lui ai finalement dit que j'avais changé de travail, je n'ai pas donné de détails.

Je conduis Antonio aux toilettes et j'allume la lumière.

— Voilà.

Il entre et ferme la porte derrière lui.

— Qui est-ce ? demande Allie, en gardant sa voix basse. Où est ton petit ami ?

— Longue histoire.

Je jette un regard d'Allie vers la salle de bains. Le ventilateur fonctionne, donc je n'entends rien dans le petit espace. Non pas que je veuille l'écouter utiliser les toilettes, mais mon estomac est noué après ce que Dmitri a dit.

Pourquoi a-t-il fallu qu'il entre dans ma tête ?

— Tu me dois des détails, dit Allie. Si je ramenais un homme étrange à la maison, tu voudrais une explication.

Elle a raison, mais je suis une adulte. Je lui dois la vérité, au moins partiellement.

La porte de la salle de bain s'ouvre, et Antonio réapparaît.

— Merci, dit-il, offrant un sourire.

Je ne peux pas dire si c'est forcé ou authentique. Je ne le connais pas assez bien pour lire en lui, mais il ne m'a donné aucune raison de me méfier de lui.

Dmitri est paranoïaque.

— Je te verrai au travail demain, dit Antonio alors que je l'accompagne à la porte d'entrée.

— Merci encore de m'avoir ramené chez moi.

Je l'accompagne jusqu'à la porte et la ferme derrière lui une fois qu'il est parti.

Allie interrompt son émission et se tourne vers moi, attendant une explication.

— Que s'est-il passé à ton rendez-vous ? Pourquoi un homme mystérieux du boulot t'a ramené chez toi ?

— Tu as entendu ça ?

Je vais devoir faire plus attention ici si je ne veux pas qu'Allie entende quelque chose.

— Allez, maman. Tu me ferais expliquer.

— Les choses ont un peu dérapé lors de mon rendez-vous avec Dmitri.

Je ne veux pas dire à Allie pourquoi ou elle sera inquiète pour moi quand je verrai Antonio au travail demain soir.

— Vous avez rompu ?

— Je ne sais pas, dis-je.

Je glisse hors de mes talons et m'enfonce dans le canapé à côté de ma fille.

— C'est compliqué.

Ça ne sert à rien de lui dire que la rupture était inévitable puisque nous ne sortions pas ensemble.

Que va-t-il attendre de moi ? Voudra-t-il toujours que j'assiste au mariage de son ami ? Cela semble inutile puisque cet ami a vu notre dispute.

Je renverse ma tête sur le canapé et ferme les yeux.

— Je déteste les hommes.

— Ne dis pas ça. Ton ami de travail a l'air sympa, dit Allie.

Je lui jette un coup d'œil, et elle affiche un large sourire.

— Il est marié.

Je ne mentionne pas qu'il a deux enfants. Le fait qu'il soit marié est suffisant pour m'empêcher de m'intéresser à lui.

— Alors, que s'est-il passé avec le petit ami ?

La fille est persistante.

— Tu n'as pas ton émission à regarder ?

Je fais un geste vers la télévision.

— Pas du tout, c'est beaucoup plus intéressant. Les drames de la vie réelle sont beaucoup plus intenses.

Elle remue les sourcils.

Je ne peux pas dire à ma fille de treize ans que mon faux petit ami dit que je travaille pour un chef de la mafia. Ça semble fou dans ma tête, et le dire à voix haute ne fera que le rendre réel.

— Il est fou, dis-je.

Dmitri doit être fou.

C'est la seule explication que j'accepte, car s'il a raison, j'ai déjà montré à Antonio où je vis et il a brièvement rencontré ma fille. Dans ma colère contre Dmitri, je ne pensais pas clairement à ma famille.

Mon téléphone vibre.

C'est Dmitri.

— Tu vas répondre ? demande Allie.

Elle jette un coup d'œil à mon téléphone, avec un sourire encore plus grand, comme si elle était heureuse de voir que je souffre. Je sais que ce n'est pas le cas, mais c'est ce que je ressens.

Je gémis et sors du salon. J'ai besoin d'intimité si je veux lui parler. Je me traîne dans ma chambre et je ferme la porte. Il me faut une seconde pour retrouver mon calme avant d'appuyer pour accepter son appel.

— Qu'est-ce que tu veux, Dmitri ?

S'il appelle pour s'excuser, je ne suis pas prête à l'entendre.

— Où diable es-tu ? Il est tard, et j'ai fait le tour du quartier une douzaine de fois pour te chercher.

— Je suis à la maison.

— A la maison ? Comment es-tu rentrée ?

Il s'arrête un instant.

— Tu n'as pas pris le métro. Lucy est allée dans cette direction. Tu as pris un taxi, dit-il, répondant à sa question sur la façon dont je suis rentrée chez moi.

— Non, quelqu'un m'a emmené.

Je ne suis pas prête à lui mentir.

— Tu es montée dans une voiture avec un étranger ?

— Ce n'était pas un étranger, dis-je. De plus, tu as clairement fait comprendre que tu penses pouvoir me mettre une laisse et me dire pour qui je peux ou ne peux pas travailler. Eh bien, tu as tort. Cette fausse relation est officiellement terminée.

Je termine l'appel, refusant de me battre davantage avec Dmitri. Nous ne sortons pas ensemble. Nous ne sommes pas un couple. C'est terminé.

J'éteins mon téléphone, ne voulant plus recevoir d'appels ou de textos pour la nuit. Je le laisse sur ma table de nuit pour supprimer toute autre tentation avant de retourner dans le salon avec Allie.

— S'est-il excusé ? demande-t-elle, me regardant alors que je traverse la pièce et m'assois à côté d'elle.

— Non, mais je ne lui en ai pas laissé le temps non plus. C'est fini.

— Je croyais que tu l'aimais bien ?

Les sourcils d'Allie sont froncés et elle me regarde fixement.

Est-ce qu'elle attend que je pleure ?

Nous n'avons pas été ensemble si longtemps. Bon sang, nous n'avons même pas vraiment été plus que des amis avec des avantages. Oui, le sexe va me manquer, mais ce n'est rien que je ne puisse satisfaire avec un nouveau vibromasseur. Dmitri est un million de fois mieux que n'importe quel vibromasseur que j'ai jamais eu, mais ça ne vaut pas le coup de se prendre la tête.

Ce que nous avions n'était même pas réel.

— Remets ton émission, dis-je, en remontant mes jambes sur le canapé.

Je suis en deuil à l'intérieur, souffrant de la perte soudaine de quoi ?

Il n'était pas à moi.

J'ai besoin d'une distraction, et peut-être que l'émission d'Allie peut me faire oublier Dmitri, même pour quelques heures.

Je m'assoupis sur le canapé.

La sonnerie de la porte d'entrée de l'appartement retentit, me tirant de ma torpeur.

— N'ouvre pas, marmonné-je en me frottant les yeux.

Allie met son émission en pause.

— Quelle heure est-il ? Combien de temps ai-je dormi ?

— Presque minuit.

Elle sait qu'elle est censée être déjà au lit mais elle s'en est tirée avec une soirée plus longue parce que je me suis endormie sur le canapé.

La sonnerie retentit à nouveau.

Je gémis et me lève, me dirigeant vers la porte. J'appuie sur le bouton pour communiquer.

— Quoi ?

Je suis grognon et il met ma patience à rude épreuve.

Je suppose que c'est Dmitri. Qui d'autre passerait à l'appartement à minuit un lundi soir ?

— On peut parler ? demande Dmitri.

Sa voix est calme, bien plus que je ne l'aurais cru.

— Appelle-moi.

— Je tombe directement sur la messagerie vocale. Ton téléphone est éteint.

— Oui, je sais. Je ne voulais pas te parler.

Ne comprend-il rien ?

— Je veux t'expliquer. S'il te plaît, Sadie, donne-moi cinq minutes. Je partirai après ça, et tu n'auras plus jamais à me voir.

Allie regarde depuis le canapé. Elle a éteint la télévision parce qu'il est tard et qu'elle s'est fait prendre, mais elle ne s'est pas couchée.

— Cinq minutes.

J'appuie sur le bouton, lui permettant d'entrer dans le bâtiment.

— Tu le laisses entrer ? Je croyais que tu le détestais, dit Allie.

— Heure du coucher.

Allie gémit et laisse tomber la télécommande sur le canapé.

— Très bien. Tu n'es pas drôle quand tu es grincheuse.

Elle s'agite tout le long du chemin vers sa chambre, et je m'attends à entendre la porte claquer, mais non.

La gamine essaie d'écouter aux portes.

Merveilleux.

L'intimité est un luxe que je n'ai pas. Et si je parle avec Dmitri dans le couloir devant mon appartement, mes voisins vont tout entendre.

Et je ne veux pas l'induire en erreur en lui proposant de parler dans la chambre.

On frappe doucement à la porte, et je la déverrouille, laissant Dmitri entrer.

— Quoi ? demandé-je, croisant mes bras sur ma poitrine.

Je suis fatiguée et je ne suis pas d'humeur à faire face à sa possessivité.

Il s'avance vers moi, les sourcils froncés.

— Je m'inquiétais pour toi ce soir.

— Je vais bien.

Je fais un pas en arrière, gardant un grand espace entre nous. Je suis douée pour la distance, pour mettre un mur autour de mon cœur. J'ai eu des années de pratique.

— Si c'est fini, c'est pas grave, je peux l'accepter, mais je n'accepterai pas que tu travailles pour lui.

— Tu es jaloux ? Parce que je ne comprends pas pourquoi tu te soucierais de savoir pour qui je travaille.

— Antonio est un monstre. Il est responsable de dizaines de crimes. Ce n'est pas juste un voyou de bas étage, Sadie. Cet homme est complice et te fera tomber avec lui.

Je m'assieds sur le fauteuil en face du canapé, où il n'y a qu'un seul siège, ce qui oblige Dmitri à se tenir debout ou à s'asseoir en face de moi, en gardant une distance entre nous.

— Je n'ai pas l'intention de faire quoi que ce soit d'illégal, dis-je. En supposant que ce que tu dis est vrai.

— C'est le cas.

Il se rapproche.

— Je peux t'assurer que c'est cent pour cent la vérité. Ce n'est pas un homme bien.

Je ris dans mon souffle.

— Bon sang, Dmitri. Je ne sors pas avec lui. C'est juste un boulot. Pourquoi tu tiens tant à savoir pour qui je travaille ?

Il respire d'un air vif mais ne répond pas tout de suite.

— Il est dangereux, et je déteste te voir mêlée à son sale boulot. Il va te faire tomber, te rendre responsable de ses crimes.

— Je suis barmaid, c'est tout, dis-je en soulignant que je ne suis pas impliquée dans quoi que ce soit d'illégal. Il y a un videur à la porte qui vérifie les identités. Je ne gère pas les comptes ou les chiffres. Je ne suis pas impliquée dans le trafic de drogues, d'armes, ou de tout ce que tu penses qu'il fait de la contrebande et du trafic.

Il se rapproche, mes genoux cognent contre ses jambes.

— Je ne veux pas te voir blessée, ou pire, qu'il s'en prenne à ta famille. Est-ce qu'il sait que tu as une fille ?

— Tu réagis de façon excessive.

J'espère qu'il a tort, qu'Antonio n'est pas plus qu'un père de famille, et que Dmitri le confond avec quelqu'un d'autre.

— J'aimerais que ce soit le cas.

— C'est tout ? demandé-je, attendant qu'il me lâche une autre bombe ce soir.

— Le dîner de ce soir était un peu un désastre. Luka et Hannah se demandent ce qui s'est passé. J'ai besoin que tu finisses ce sur quoi on s'était mis d'accord. Deux rendez-vous de plus.

DIX

DMITRI

Quel putain de désastre.

Quand Sadie a annoncé son nouveau travail au Moretti's Bar, elle aurait aussi bien pu crier sur les toits qu'elle travaille pour la mafia italienne.

Tu parles d'une merde.

Si elle voulait rompre, elle n'avait qu'à le dire.

Mais la mafia italienne ?

C'est notre plus grand ennemi.

Non pas qu'elle sache que je travaille pour la Bratva russe. J'ai bien fait de garder mon secret. Après être passé à son appartement et avoir découvert que cette fille est plus têtue que moi, il ne reste qu'un seul choix.

Mettre un garde devant son immeuble et la faire surveiller en permanence. Ce ne sont pas seulement mes ordres. Mikhail exige aussi la filature. Il veut s'assurer qu'elle ne se sert pas de moi pour rapporter aux Italiens les secrets qu'elle croit connaître.

Mais je ne lui ai rien dit.

Malgré tout, je suis content qu'elle ait un garde qui surveille sa maison. Je me sens mieux en sachant qu'elle est en sécurité et qu'Allie sera indemne.

Je fais profil bas avec Sadie. Ce n'est pas très difficile vu que je dois travailler cinq nuits et que les deux autres, je cherche des informations sur les allées et venues d'Anton.

Un homme comme Anton ne disparaît pas comme ça.

Et toutes les connexions qu'il a sont les mêmes que Mikhail et la bratva. Disparaître sans laisser de trace avec Savannah est inouï mais pas impossible.

Il a eu de l'aide.

Mais de qui ?

Les questions ruminent dans ma tête, me faisant tourner en rond la nuit. Si ce ne sont pas mes pensées sur Sadie qui m'empêchent de dormir, c'est le fait que j'ai été laissé pour mort, et que Nikita ait été conduit à l'hôpital.

Quelque chose ne va pas.

Je ne peux pas utiliser les ressources de la Bratva sans que Mikhail en soit informé. Dans l'après-midi, je me rends dans un cybercafé local et j'utilise leurs ressources pour engager un détective privé. Je lui donne autant d'informations que possible sur Anton et Savannah, en utilisant un téléphone portable jetable pour communiquer avec lui.

Je ne veux pas que quelque chose puisse être tracé ou remonté jusqu'à moi.

Je ne sais pas quoi faire quand on aura trouvé Anton, mais j'ai besoin de réponses.

Épuisé, je frotte le sommeil de mes yeux et me force à me réveiller avec un double expresso. Je sirote le café brûlant et sors. Au coin de la rue, je renverse presque Sadie.

— Est-ce que tu me suis ?

— Non, je travaillais.

Elle jette un coup d'œil autour d'elle.

— Ton club n'est pas dans le coin.

Je fixe son regard perçant, en sirotant mon expresso.

— Comment tu sais ça ?

Je suis sûr de lui avoir dit que je travaille au Club Sage, mais je n'ai jamais divulgué l'endroit. Il est douteux qu'elle l'ait su sans le chercher.

Elle ne répond pas à ma question.

— Il est deux heures de l'après-midi. Qu'est-ce que tu fais vraiment ?

Elle me regarde de la tête aux pieds et remarque mon récipient à café.

— Un cybercafé ?

Ses sourcils sont froncés.

— Je fais juste une petite recherche.

— Et tu n'as pas d'ordinateur à la maison ? Je croyais que tu étais le Bearded Bad Boy barbu, dit-elle.

J'inspire un grand coup.

— Je le suis, dis-je, confirmant ses soupçons.

Non pas qu'elle ait la moindre idée que j'utilise la console de jeu pour aider au trafic d'armes, de drogues, d'armes - tout ce que Mikhail a besoin que je fasse. Les conversations sont intraçables. C'est la plateforme parfaite pour ne pas éveiller les soupçons.

— Mon ordinateur portable est en train d'être réparé au magasin, donc je suis coincé ici jusqu'à ce que la réparation soit terminée.

Elle acquiesce, apparemment satisfaite de mon explication.

Alors que c'est l'après-midi, les rues sont relativement bondées, et les gens s'affairent dans la ville. J'aperçois Ivan qui regarde de l'autre côté de la rue. Sadie ne l'a pas remarqué, et je me décale légèrement pour qu'elle lui tourne le dos et qu'elle ne puisse pas voir qu'il nous observe.

— Comment va Allie ? demandé-je, pour changer de sujet.

— Elle t'aime bien. Elle pense que tu es un con de ne pas t'être excusé et de m'avoir envoyé des dizaines de bouquets, de chocolats, etc.

Je ne peux pas dire si elle me taquine.

— Je vais faire une note mentale.

— Tu vas... bien ? demande-t-elle avant de retrousser ses lèvres.

Veut-elle me demander quelque chose d'autre ?

— Pourquoi ça n'irait pas ? C'était juste une fausse relation.

Je force un rire.

— Pas ça, dit-elle.

Elle s'approche. Elle prend ma main, celle qui ne tient pas mon café, et la serre.

— On t'a tiré dessus, Dmitri. Je ne peux pas m'empêcher de me demander qui t'a fait ça et s'ils vont revenir pour finir le travail.

Ses sourcils sont froncés, et elle se mord la lèvre inférieure.

— Tu n'as pas à t'inquiéter pour moi. Je peux prendre soin de moi.

— Tu peux ? Parce que je t'ai trouvé dans la forêt, blessé par balle, et tu te serais vidé de ton sang si je n'avais pas appelé à l'aide.

Il y a de l'inquiétude dans son ton. Elle me serre la main. Elle est inquiète pour moi. Je ne sais pas pourquoi elle s'inquiète.

— Tu n'en sais rien, dis-je. J'aurais pu ramper jusqu'au chemin le plus proche et attirer l'attention de quelqu'un.

— Tu n'as pas bougé quand j'ai couru vers toi.

Je vais devoir la croire sur parole parce que je ne me souviens de rien après que nous sommes entrés dans la forêt. Le reste est un flou, un blocage mental.

— Je ne me souviens pas, dis-je en fixant son regard inquiet. Mais je vais bien. C'était un malentendu.

— Ah oui ? demande Sadie. Parce que tu en sais beaucoup sur les Italiens.

Elle parle à voix basse et se penche vers moi pour s'assurer que personne ne peut nous entendre. Mais il y a beaucoup de bruit dehors, et avec la circulation et les douzaines de piétons qui passent, je peux à peine l'entendre, et je suis juste à côté d'elle.

— Qu'est-ce que tu dis ?

— Est-ce que la mafia t'a tiré dessus ? demande Sadie.

Ses yeux sont remplis d'inquiétude.

Ce serait facile de lui mentir et de mettre ça sur le dos d'Antonio et de ses hommes. Peut-être qu'elle m'écouterait, quitterait ce stupide bar et viendrait travailler pour nous.

Je grimace à l'idée qu'elle travaille au Club Sage, même comme barmaid. Je ne veux pas que Nikita ou Mikhail aient l'idée de la faire monter sur scène. Je tuerais tout homme qui la regarderait comme je le fais.

Merde.

Qu'est-ce qui me prend ?

La sueur me lèche le front, et je traîne les pieds, éloignant Sadie du trottoir et la plaçant contre le mur de briques.

Sa main se pose sur ma hanche alors que je la tire à l'ombre. Son contact est possessif.

Est-ce que c'est fait exprès ?

Je ne peux pas résister plus longtemps à l'envie de l'embrasser. Je la pousse contre le bâtiment en briques, et mes lèvres s'écrasent sur elle. Je veux la baiser pour que le monde entier puisse le voir.

Mais je me contente de goûter ses lèvres. Mes doigts caressent ses cheveux, approfondissant le baiser.

Elle gémit, les sons me rendent fou, me donnant envie de l'emmener dehors et de montrer à tout le monde qu'elle est à moi.

Finalement, je romps le baiser, posant mon front contre le sien.

— Je ne me souviens pas qui m'a tiré dessus, dis-je.

Ce n'est pas un mensonge, mais je me souviens de qui était dans le véhicule ce jour-là : Nikita, Anton, et Savannah. L'un d'entre eux doit être responsable.

Il lui faut un moment pour retrouver son calme. Elle me regarde curieusement, comme si elle ne se souvenait pas de la question.

J'aime être entré dans sa tête.

C'est bien. J'aime avoir ce pouvoir sur elle, la capacité de la rendre muette.

Elle lèche ses lèvres là où ma langue était quelques instants plus tôt. Sadie expire une respiration nerveuse, et me regarde fixement.

— S'il te plaît, ne me mens pas, Dmitri. Tu fais partie de la mafia italienne ?

J'ai envie de rire à sa question. Elle est absurde, c'est ahurissant. Ne réalise-t-elle pas que les Italiens et les Russes ont deux organisations distinctes dans la ville

Elle ne devrait pas savoir.

Elle peut rester innocente de l'obscurité qui nous entoure. La fille n'a aucune idée de la profondeur de ce dans quoi elle a mis les pieds.

Sadie a de la chance de ne pas se noyer.

— Je suis russe.

C'est tout ce qu'elle obtiendra.

Je ne vais pas lui mentir. Mais lui dire sans qu'elle le demande est absurde. Elle n'a pas besoin de savoir que je suis un bratva. Cela ne la sauvera certainement pas.

Si elle dérape, nous pourrions être tués tous les deux.

Je n'ai pas peur de la mort, mais je ne veux pas que Sadie ou sa fille soient blessées. Elles méritent mieux.

Ses yeux se rétrécissent comme si elle essayait de comprendre ce que je lui ai dit. J'enroule mon bras autour de son épaule et l'éloigne du bâtiment en briques en la gardant près de moi.

— Peut-on passer à autre chose après notre dispute ? demandé-je.

Je veux qu'elle vienne au mariage de Lukas et qu'elle soit ma cavalière. J'aimerais qu'elle assiste au dîner de répétition, et même si nous ne sommes pas un vrai couple, j'apprécie sa compagnie et son amitié.

— Je pense qu'on peut, dit Sadie, en me jetant un regard alors que nous marchons l'un à côté de l'autre. Tant que tu peux accepter mon lieu de travail.

J'ai les yeux sur elle tout le temps.

Je serai le premier à savoir si quelqu'un lui cherche des noises.

— Je peux, dis-je.

Avec le temps, elle arrêtera. Je le sais sans aucun doute. Antonio va révéler son vrai visage, et quand il le fera, elle viendra me voir en courant.

J'espère juste que ça ne va pas l'effrayer, ou pire.

Mais je ne peux pas l'enfermer dans une cage dorée. Ce n'est pas à moi de la protéger. Peu importe à quel point je veux la protéger, c'est une femme adulte qui veut faire ses propres choix.

Peu importe à quel point ils peuvent sembler stupides. Et lui donner la preuve qu'Antonio est avec la mafia italienne ne ferait que révéler mes secrets et pour qui je travaille, la Bratva russe.

— Comment va Allie ? demandé-je, en jetant un coup d'œil à Sadie alors que je marche à côté d'elle, la gardant près de moi.

Si ça ne tenait qu'à moi, je ne la laisserais jamais partir.

— Bien. Elle déteste devoir retourner à l'école dans quelques semaines, mais à part ça, c'est un vrai rayon de soleil.

Il y a clairement du sarcasme dans son ton.

— Est-ce ça t'énerve qu'elle soit à la maison tout l'été ?

Elle ne répond pas vraiment à ma question.

— Allie n'a pas arrêté de demander de tes nouvelles. Elle veut savoir pourquoi je suis en colère contre toi, pourquoi tu ne m'as pas envoyé de cadeaux pour rattraper ton erreur, comme dans les films...

Sa voit s'éteint.

J'étais censé lui envoyer un cadeau ? C'est nouveau pour moi. La fille travaille pour l'ennemi. Ça n'annonce pas vraiment des fraises enrobées de chocolat.

—Dis-lui qu'on s'est arrangés comme des adultes.

—Je m'assurerai de le mentionner la prochaine fois qu'elle demande.

Elle se frotte contre moi.

Ses lèvres sont rouges et gonflées par nos baisers enflammés.

— Tu veux venir chez moi ce soir ? demande-t-elle.

— Oui, mais je dois travailler ce soir.

— Merde, moi aussi.

Elle rit et se frappe le front, en renversant sa tête en arrière.

— Parfois, je suis vraiment une idiote.

— Jamais, dis-je, en serrant sa main et en croisant nos doigts. Prochain jour de congé ?

— Mercredi.

— Moi aussi.

— C'est un date.

————

Je n'avais pas congé mercredi, mais j'ai convaincu Nikita de me laisser changer l'emploi du temps parce que je dois régler ce problème avec Sadie.

Il pense toujours que nous sommes un vrai couple, se disputant après avoir découvert où elle travaille.

Mais Nikita est finalement favorable à toute la situation puisque Sadie ne sait pas que nous sommes des bratva.

Je m'en fiche. Le fait est que je l'aime beaucoup. Elle devrait être interdite d'accès, mais je l'ai trouvée avant les Italiens. Elle est donc à moi, non ?

Sauf que notre relation est entièrement fausse, sans le sexe. Ça, c'est du vrai.

Tu parles d'une putain de galère.

Au lieu d'apporter des fleurs comme les deux dernières fois où je l'ai emmenée, j'apporte ce soir une boîte de cerises et de fraises enrobées de chocolat. Un mélange que j'espère qu'elle me laissera lui donner, au lit, nue.

Ivan monte la garde devant l'immeuble, s'assurant qu'aucun visage italien familier n'apparaisse.

— Tu peux rentrer chez toi, lui dis-je. Je garderai un œil sur elle ce soir.

Ivan sourit et me frappe le bras avant de se retirer dans son véhicule.

J'appuie sur la sonnette pour lui faire savoir que je suis arrivé pour notre soirée ensemble.

Techniquement, ce n'est pas un rendez-vous puisque nous ne sommes pas un couple. Il s'agit juste de profiter de la compagnie de l'autre.

Plus important encore, c'est l'occasion de lui arracher ses vêtements et de profiter de chaque centimètre de son corps.

La porte d'entrée s'ouvre, et je me précipite dans l'ascenseur, appuyant sur le bouton du sixième étage. L'ascenseur est étouffant, et je ne porte même pas ma veste de costume et ma cravate.

Je suis habillé de façon beaucoup plus décontractée pour ce soir. Après tout, ne va-t-on pas s'arracher les vêtements de l'autre de toute façon ?

Un jean bleu délavé et une chemise blanche avec un col composent mon ensemble. Je desserre un bouton de la chemise.

Quelqu'un a allumé le chauffage dans le bâtiment ? C'est l'été, bordel de merde. C'est la saison de l'air conditionné.

J'espère que les chocolats ne vont pas fondre en montant les escaliers. Je suppose que si c'est le cas, je devrai verser le dessert sur le torse nu de Sadie et lécher son corps.

Les portes de l'ascenseur s'ouvrent à la vitesse d'un escargot, et je me glisse dehors avant qu'elles ne soient complètement ouvertes. Je me précipite dans le couloir et frappe à la porte avec insistance.

Il y a des bruits de pas, puis Allie tire la porte et me regarde de haut en bas.

— Pas de fleurs ?

Elle croise ses bras sur sa poitrine, sans être impressionnée.

— J'ai apporté un dessert, dis-je en révélant la boîte dans ma main droite.

Ses yeux s'illuminent.

— Super. Parce que tu seras affamé après avoir vu ce que maman a fait.

Je pousse un soupir de soulagement quand elle me laisse entrer dans l'appartement. Je ferme la porte derrière moi et glisse hors de mes chaussures de ville, remarquant les chaussures de tout le monde près de l'entrée.

— Ça sent bon ici, dis-je.

Sadie s'affaire dans la cuisine, debout au-dessus de la cuisinière, à préparer le dîner.

— Tu es obligée de dire ça, dit Allie en entrant dans la cuisine. Il t'a apporté un cadeau.

Je révèle la boîte de chocolats à Sadie et la pose sur le comptoir vide.

— Je peux te donner un coup de main ? proposé-je.

— Tu peux aider Allie à mettre la table pour le dîner ?

— Heureux d'aider, dis-je.

Allie aide à peine, décidant plutôt de déléguer en me montrant où tout se trouve. J'imagine que Sadie est très occupée avec cette fille, et je n'ose même pas imaginer ce que ce sera lorsqu'Allie conduira et aura des dates.

Le dîner se compose de poisson noirci, d'asperges et d'une salade du jardin. Il y a aussi un bol de fruits sur la table avec des pêches fraîches qui n'ont pas été coupées en tranches. Elles ont l'air délicieuses, comme tout le reste.

Il s'avère que Sadie est une bonne cuisinière, même si Allie picore dans son assiette, poussant la nourriture plus qu'elle ne la mange.

— Tu n'aimes pas le poisson ? demandé-je, en essayant de la faire participer.

Je ne peux pas dire si elle n'a pas faim ou si quelque chose d'autre la dérange.

— Ce n'est pas ça, dit Allie en laissant tomber sa fourchette.

Elle s'écrase contre l'assiette avec un son strident.

— Maman ne veut pas que j'aille voir ma cousine, Olivia.

— Elles viennent de déménager en Nouvelle-Écosse, dit Sadie. Tu y es déjà allé ?

— Je ne peux pas dire que j'y sois allé.

Je finis le reste de mon assiette. Le repas était excellent, et la cuisine de Sadie m'a surpris, surtout si l'on tient compte du commentaire d'Allie lorsque je suis arrivé pour le dîner.

— C'est magnifique, dit Allie.

Ses yeux s'illuminent à chaque mot qu'elle prononce.

— Olivia m'a envoyé des photos. J'ai vraiment envie d'y aller, et il me reste encore une semaine avant de devoir retourner à l'école.

— Tu sais à quel point c'est cher de prendre un vol de dernière minute ? demande Sadie, en fixant sa fille. Tu n'as aucune notion de l'argent, Allie.

— Je sais que tu as de l'argent de côté et que tu peux tout à fait te permettre de m'envoyer rendre visite à Olivia. Tu viens de trouver un nouveau travail. Je parie qu'il paie plus que ce que tu gagnais à l'hôtel. Allez, s'il te plaît.

La lèvre inférieure d'Allie ressort, faisant la moue.

— On ne va pas avoir cette conversation à table avec notre invité.

— C'est ton petit ami, dit Allie.

Elle hausse les épaules comme si ce n'était pas grave.

— Je pourrais me renseigner pour savoir si le jet privé est disponible, et nous pourrions faire un voyage en famille là-bas ensemble.

Les yeux d'Allie s'écarquillent, et sa bouche reste bouche bée.

— Tu as un jet privé ?

— Dmitri, prévient Sadie. C'est trop.

— Je ne peux rien promettre, mais s'il est disponible, je peux demander le vol et le congé du travail.

Sadie soupire et se pince l'arête du nez.

— Je ne suis pas sûre de pouvoir m'absenter. Je viens de commencer mon nouveau travail, Allie.

— Dmitri pourrait m'emmener.

Allie jette un coup d'œil à sa mère avec de grands yeux.

— Je ne pense pas que ce soit ce que Dmitri veut faire pendant ses vacances, dit Sadie.

Elle a raison. Passer du temps avec elles deux serait bien, mais faire la navette entre Allie et le Canada n'a rien d'excitant. Mais au moins, elle ne suggère pas qu'on y aille en plein hiver.

— Demande à ton patron un congé, dit Allie. Drague-le.

— Le draguer ? demandé-je, en fixant Sadie du regard.

Qu'est-ce qu'elle fait autour d'Antonio ? Cet homme est marié et c'est l'un des hommes les plus vicieux et impitoyables que je connaisse.

Les joues de Sadie rougissent alors qu'elle joue avec ses cheveux, faisant tourner une mèche autour de son doigt tout en me fixant du regard. Il y a plus que ça, mais elle ne montre pas tous ses secrets à sa fille de treize ans.

— Je ne flirte pas avec n'importe qui, dit-elle en me fixant du regard.

J'ai la bouche sèche et je prends mon verre d'eau presque vide pour en boire une gorgée.

— Vous êtes dégueulasses tous les deux, dit Allie en poussant la chaise de la table. Elle attrape son assiette, l'amène à l'évier pour la nettoyer avant de se diriger vers le salon.

Je suis soulagé quand il n'y a plus que nous deux.

Depuis la table, j'ai une bonne vue d'Allie. Elle attrape son casque de réalité virtuelle et le met en place. Au moins maintenant, elle ne peut pas nous voir et ne peut probablement pas nous entendre non plus, avec le volume à fond.

— Tu devrais vraiment garder un œil sur elle quand elle joue en ligne avec d'autres personnes, dis-je.

— Je n'arrive toujours pas à croire que tu es le Bad Boy barbu, dit Sadie avec un vrai rire.

— Comment l'as-tu découvert ?

— Le tatouage de l'étoile, dit-elle, en faisant un geste vers ma poitrine. C'est le même que sur ta photo de profil.

J'attrape mon verre d'eau, en souhaitant que ce soit quelque chose d'un peu plus fort. Je termine les dernières gorgées. Je ne lui dis pas que le tatouage symbolise le fait d'être un membre de la bratva. Si elle n'a pas découvert ce secret, alors je ne veux pas être celui qui le lui dira.

— Tu devrais amener ton casque chez moi un jour. On pourrait jouer ensemble, dit-elle.

Je ne réponds pas à son commentaire. Ce n'est pas que faire quelque chose ensemble ne serait pas bien. La réalité est que je n'ai le casque que pour établir des connexions avec des hommes d'affaires louches. Le temps réel que j'ai passé à jouer est minime.

— On pourrait, mais j'ai d'autres idées qui pourraient être un peu plus amusantes.

Sadie glousse dans son souffle.

— Attention, Allie est dans la pièce d'à côté.

Je doute qu'elle puisse entendre ce que nous disons, avec nos voix basses et l'audio de son casque VR à fond.

— J'ai apporté le dessert, dis-je en me levant pour récupérer les fraises et les cerises enrobées de chocolat.

Je n'étais pas sûr de ce qu'elle préférait, alors j'ai opté pour les deux.

Mon téléphone jetable vibre dans ma poche, je le prends et réponds à l'appel.

— Allo, dis-je.

Il n'y a qu'une seule personne avec ce numéro.

— J'ai de bonnes nouvelles. J'ai retrouvé la sœur de Lucys dans une petite ville du Montana. Ils sont dans une cabane isolée à Breckenridge.

J'expire un souffle que je n'avais pas réalisé que je retenais.

— C'est une bonne nouvelle.

Sadie me regarde alors qu'elle se lève pour débarrasser la vaisselle. Je secoue la tête, voulant qu'elle me laisse le nettoyage à faire.

— As-tu un emplacement exact ? Une adresse ?

— Je te l'enverrai par SMS.

— Merci.

Je termine l'appel et aide Sadie à faire la vaisselle.

— Tout va bien ? demande-t-elle en me regardant depuis l'évier.

— J'ai une piste sur l'homme qui m'a tiré dessus.

— Quoi ?

Le verre à boire lui glisse entre les mains et s'écrase sur le sol, se brisant en petits éclats.

Gémissant, Sadie se penche pour ramasser les éclats.

— Merde.

Elle jure dans son souffle quand un petit éclat de verre s'enfonce dans sa main. Elle se dépêche de traverser le couloir jusqu'à la salle de bain, en claquant la porte.

Entre le claquement de la porte et les aboiements de Kona, Allie enlève son casque.

— Est-ce que tout...

Elle ne finit pas sa phrase.

— Garde le chien hors de la cuisine, dis-je en indiquant à Allie ce qu'elle doit faire. Je nettoierai le verre après avoir vu ta mère.

Allie attrape Kona par le collier et la traîne dans sa chambre, enfermant le chien hors de danger.

Je frappe de manière proéminente à la porte de la salle de bain.

— Sadie ?

— Ouais, dit Sadie avec un gémissement.

— Laisse-moi entrer. Je peux t'aider à bander ta main.

Il y a du mouvement de l'autre côté de la porte, et le verrou clique, me permettant d'entrer dans la salle de bain.

— C'est ouvert, dit-elle.

Sa paume est tournée vers le haut. Elle a une pince à épiler en métal sur le lavabo et une bouteille ouverte d'alcool à friction à côté.

Kona continue d'aboyer depuis la chambre, et je ferme la porte de la salle de bain pour aider à faire taire le bruit.

Je prends sa main blessée et la rapproche de mon visage pour examiner la blessure de près. Il n'y a pas de sang, car le petit éclat est toujours niché dans sa paume. C'est petit, de la taille d'une écharde, mais je suis sûr que ça fait un mal de chien.

— J'ai essayé la pince à épiler, mais je ne suis pas gauchère.

J'attrape la pince à épiler et retire rapidement le minuscule éclat de verre en quelques secondes avant de passer sa paume sous l'eau courante.

Ses joues sont roses, et de la sueur perle sur son front.

— Tout va bien, lui dis-je en lui offrant un sourire rassurant.

J'ai vu des blessures bien pires. Bon sang, elle aussi, quand on m'a tiré dessus.

— Des pansements ? demandé-je.

Elle désigne l'armoire à pharmacie, je l'ouvre et récupère un petit pansement que je fixe sur sa main.

— Ça va mieux.

Je porte sa paume à mes lèvres et dépose un baiser sur sa blessure bandée.

— Merci, Dmitri.

— De rien.

J'effleure une mèche de cheveux derrière son oreille, mon regard ne quittant pas le sien.

— Je dois nettoyer le reste du verre. Je pense que Kona veut sortir.

— Probablement, dit Sadie. Qu'est-ce que tu disais à propos de savoir qui t'a tiré dessus ?

La femme ne rate rien. Je n'aurais probablement pas dû en dire autant que je l'ai fait, c'est-à-dire presque rien.

— Je ne me souviens pas de qui m'a tiré dessus en soi, mais je me souviens avec qui j'étais dans la voiture avant que ça n'arrive.

— Et tu es sûr que c'est quelqu'un que tu connais ? Je veux dire, ce n'était pas un accident ?

— C'est ce que je dois découvrir.

Je ne lui dis pas qu'il y avait peu de chances que ce soit un accident. Le fait que j'ai été envoyé avec Nikita pour éliminer Anton et Savannah rend ce scénario improbable.

— Ont-ils dit où il est ?

Elle est pleine de questions ce soir.

— Une petite ville du Montana.

J'ouvre la porte de la salle de bain et me dirige vers la cuisine pour nettoyer les éclats de verre avant que quelqu'un d'autre ne soit blessé.

Sadie est sur mes talons.

— Et tu vas lui rendre visite ?

Il y a un soupçon de peur dans son ton. Elle ne sait pas ce que c'est d'avoir peur, d'avoir sa vie en jeu ou d'être au bord de la mort.

— C'est le plan, dis-je.

Penché dans la cuisine, je nettoie le verre brisé, un tesson à la fois, en faisant attention à ne pas me couper. Après avoir récupéré tous les morceaux que je peux voir, je ne suis toujours pas sûr que c'est sans danger.

— As-tu un aspirateur que je peux utiliser pour m'assurer que je n'ai pas manqué de petits éclats ?

— Bien sûr, dit Sadie.

Elle se précipite dans le couloir et récupère l'aspirateur. Je suis reconnaissant que ce soit un aspirateur à sac pour éviter toute autre blessure.

Je passe l'aspirateur sur le sol de la cuisine, en m'assurant qu'il est suffisamment sûr pour que Kona puisse marcher dessus ou le lécher. Une fois que nous sommes tous les deux satisfaits, Sadie laisse Kona sortir de la chambre.

— Où va l'aspirateur ?

Un sourire en coin se dessine sur son visage, elle me regarde de haut en bas.

— Je le rangerai plus tard. Laisse-le dans le coin, contre le mur, dit-elle. Allie, as-tu nourri Kona ?

L'adolescente gémit, puis se précipite pour nourrir le chiot avant de l'emmener en promenade.

— Tu es sûre qu'elle est en sécurité dehors toute seule ?

Je ne pourrais pas imaginer laisser ma fille de treize ans sortir seule la nuit si j'avais un enfant. Bien que le quartier ne soit pas dangereux, je ne peux pas m'empêcher de m'inquiéter pour elle, surtout depuis que Sadie travaille pour les Italiens.

— Elle va bien, dit Sadie, avant de se déplacer inconfortablement sur ses pieds.

Elle remet en question sa décision.

— Dois-je m'inquiéter ?

— Et si je gardais un œil sur elles deux ? dis-je. Tu peux préparer le dessert.

Je me dirige vers la porte d'entrée et enfile mes chaussures.

— Comment veux-tu que je le prépare ? demande Sadie.

— Tu pourrais l'apporter dans la chambre.

Je me dirige vers la porte d'entrée avant d'avoir entendu sa réponse.

ONZE

SADIE

Je laisse Dmitri m'emmener dans son jet privé, même si c'est beaucoup moins romantique qu'il n'y paraît. Nous nous arrêtons en Nouvelle-Écosse pour déposer Allie pour la semaine tandis que nous nous rendons à Breckenridge pour enquêter sur ce qui s'est passé le jour où Dmitri a été tué.

Cela semble dangereux, et je suis reconnaissante qu'Allie soit en sécurité avec sa tante et sa cousine pendant que nous faisons un détour par le Montana.

Un détour qui est techniquement dans la direction opposée.

Je dois beaucoup à Dmitri pour nous avoir fait déposer Allie dans sa famille. Elle est heureuse de passer du temps avec Olivia, et je suis heureuse de passer un peu de temps loin de la maison.

Je ne comprends pas comment Dmitri a pu se payer un jet privé, mais il est clair qu'il ne le possède pas et qu'il a dû l'emprunter à son patron. C'est l'homme qui possède le club de strip-tease ?

Bon sang, le salaire doit être sympa pour un jet privé, même s'il n'en est que copropriétaire. C'est quand même assez impressionnant.

— Tu es terriblement silencieuse, dit Dmitri quand nous atterrissons.

— Je n'aime pas voler, dis-je.

Mais le pire, c'est généralement d'avoir les nerfs à fleur de peau pour passer la sécurité de l'aéroport, d'avoir peur de rater mon vol ou d'avoir de longs retards sur le tarmac.

Je pourrais m'habituer à prendre un vol privé, même si je ne peux pas me le permettre.

— Même dans le luxe ? demande-t-il, en levant un sourcil.

— C'est agréable.

Je m'appuie sur le fauteuil en cuir. Il pivote et ne ressemble à rien de ce qui se trouve dans un avion commercial.

— Ton patron n'a pas hésité à te prêter l'avion ?

— C'est un des avantages du métier, dit-il en riant.

Il doit être très ami avec son patron.

Après l'atterrissage, Dmitri a préparé une voiture de location qui nous attend. Il ouvre le coffre, jette nos sacs à l'intérieur avant de venir du côté passager pour ouvrir ma porte.

Je m'attends à ce que le trajet prenne des heures puisque nous sommes au milieu de nulle part, mais cela ne semble pas être le cas. En quelques minutes, nous nous arrêtons au Blue Sky Resort. C'est une station de ski, bien qu'il fasse trop chaud pour skier à cette époque de l'année.

L'extérieur du bâtiment est fraîchement peint en bleu et blanc. Ils ont rénové l'endroit ?

Je sors du véhicule, et Dmitri m'escorte à l'intérieur.

Il a déjà des réservations et se procure deux clés de chambre, m'en remettant une. Non pas que je prévoie d'explorer la ville sans lui. La seule raison de ma présence dans le Montana est de m'assurer qu'il va bien. Après tout ce que l'homme a traversé, le faire venir ici seul ne me semble pas correct.

Il n'a personne.

Et pour une raison quelconque, je veux être son quelqu'un.

Ce qui est fou puisque nous ne sommes que des amis. Des amis qui parfois couchent ensemble et vont à de faux rendez-vous pour s'entraider. C'est ce que font les amis, non ?

Après s'être enregistrés dans la chambre d'hôtel et avoir déposé nos sacs, nous sortons pour aller dîner. Il se fait tard, et je suis affamée.

— Quand est-ce qu'on va à cette adresse que tu as ? demandé-je.

— Demain.

Je n'ai aucune idée de ce qu'il a prévu de faire quand il verra l'homme qui pourrait lui avoir tiré dessus. Ça devait être un accident. Pas vrai ?

Pourquoi laisser Dmitri ? Le tireur pensait-il qu'il irait en prison pour meurtre ?

Et je jure avoir entendu deux coups de feu retentir. L'autre coup avait-il été tiré dans le sol ?

Il n'y avait qu'un seul corps.

Ma tête nage avec les différentes possibilités de ce jour-là.

Nous choisissons un restaurant sur la montagne, ce qui nous permet de faire une belle balade en voiture alors que le soleil se couche. Mon téléphone vibre dans mon sac, je le prends et je regarde l'appelant. C'est le travail.

Je suis surprise d'avoir du réseau ici.

— Allo ?

La voix d'Antonio est reconnaissable pour moi. Il ne parle pas directement dans le téléphone. Est-ce qu'il m'a accidentellement appelé ?

— Tu t'es foutu de ma gueule. Tu ne me laisses pas d'autre choix que de prendre les choses en main, dit Antonio.

Un homme supplie pour sa vie, pleurant et hystérique. Un coup de feu retentit dans le téléphone.

Je crie et je raccroche.

— Qu'est-ce qui ne va pas ? demande Dmitri.

Mes mains tremblent et mon estomac s'emballe.

— Range-toi sur le côté. Je vais être malade.

Nous sommes sur la montagne, et il n'y a pas beaucoup de place pour se garer. Mais il arrête le moteur, et j'ouvre la portière d'un coup sec, je saute dehors et je vomis sur le bord de la route.

Il met le moteur en position de stationnement et sort de la voiture pour venir me voir.

Je m'essuie la bouche avec le dos de ma main.

— Tu vas bien ? me demande-t-il.

J'ouvre la bouche, mais les mots ne viennent pas.

Mon téléphone sonne, et je sursaute involontairement. Mes mains tremblent alors que je fixe l'identifiant de l'appelant, indiquant qu'il s'agit à nouveau d'Antonio.

Cette fois, Dmitri voit qui appelle. Il me prend le téléphone des mains et répond à l'appel.

— Je peux vous aider ? demande Dmitri.

Il y a un silence pendant un moment, puis sa lèvre supérieure s'agite.

— Elle ne peut pas répondre au téléphone, grogne-t-il.

Sa poitrine se gonfle, son dos est droit et haut. Il est prêt à se battre.

Je le regarde, horrifiée, et je lui tends la main pour qu'il me rende mon téléphone.

— Je sais qui tu es, et j'en ai rien à foutre. Tu ne me fais pas peur. Sadie est sous ma protection.

Un autre temps, et je jure que je suis de nouveau nauséeuse de peur.

— Je travaille pour Mikhail Barinov, dit Dmitri.

C'est censé signifier quelque chose pour Antonio ? Je ne sais certainement pas qui est Mikhail Barinov. Je ne peux pas entendre la réponse d'Antonio, et Dmitri est illisible.

Et qu'est-ce qu'il veut dire par je suis sous sa protection ?

Il met fin à l'appel, et je ne suis pas sûre qu'il ait raccroché au nez d'Antonio ou que l'appel soit terminé.

— Que diable vient-il de se passer ? demandé-je.

Je croise mes bras tremblants sur ma poitrine. Mes yeux sont grands, je ne suis pas sûre d'être à l'aise avec ce que Dmitri vient de faire pour moi. Il essaie d'aider, mais je ne suis pas sûre qu'il n'ait pas juste empiré les choses.

— Il n'y a pas moyen que tu retournes travailler pour ce connard.

Je ne veux pas retourner travailler pour Antonio. Pas après ce que j'ai entendu. Il a assassiné quelqu'un de sang-froid.

— Il vient de tirer sur un homme, murmuré-je, en essayant de reprendre mon souffle.

Mon cœur continue de battre contre ma poitrine.

— On ne devrait pas appeler la police ?

— Et leur dire quoi, exactement ? Tu ne sais pas où il est, qui s'est fait tirer dessus, et crois-moi, tu ne veux pas t'impliquer davantage avec les Italiens.

Il fourre mon téléphone dans sa poche et frotte mon dos en cercles doux et apaisants. Le soleil s'est couché, et il fait de plus en plus sombre. Les phares du véhicule sont allumés, le moteur tourne, ce qui nous permet de voir la route.

— On devrait te trouver quelque chose à manger.

Sérieusement ? Je viens de vomir ce que j'ai mangé au petit-déjeuner. Je n'ai plus faim. La nourriture est la dernière chose à laquelle je pense.

— Je ne pense pas pouvoir manger.

— De la soupe. Des crackers. Quelque chose pour aider à nettoyer le goût de ta bouche.

Il marque un point. Je pourrais l'utiliser pour me rincer la bouche.

— Ouais.

Dmitri me raccompagne jusqu'au véhicule et ouvre la porte. Il attend que ma ceinture de sécurité soit bouclée avant de fermer la porte de la voiture et de faire le tour.

Je fixe la fenêtre, regardant les arbres qui défilent sur notre chemin à flanc de montagne. Dmitri s'arrête à un restaurant de cabanes en rondins au milieu de nulle part. L'enseigne à l'extérieur indique Lumberjack Shack.

En sortant du véhicule, mes pieds tremblent et mes jambes flageolent, mais je sais que je suis en sécurité. Je suis loin de New York, et Allie n'est pas chez nous non plus. Je n'ai pas besoin de m'inquiéter pour elle cette semaine.

Tout ce à quoi je peux penser est le son du coup de feu. Des flashs de l'après-midi où Dmitri a été touché par une balle me reviennent aussi en mémoire.

Je suis figée, incapable de bouger par moi-même. Dmitri fait un pas en avant en sortant du véhicule et m'accompagne, sa main autour de ma taille alors que nous montons les escaliers en bois.

Il n'attend pas que le serveur nous fasse asseoir. Il nous trouve une banquette vide et m'aide à m'installer avant de prendre deux menus et de s'asseoir en face de moi.

— Merci, murmuré-je.

Le menu est sur la table devant moi, mais je n'arrive pas à me concentrer sur les mots. C'est comme si une langue étrangère me fixait en retour.

Une serveuse s'approche de la table, nous apporte de l'eau et nous communique les plats du jour. Je m'excuse pour aller aux toilettes, pour me rincer la bouche et me nettoyer.

Quelques minutes plus tard, je reviens à la table. Dmitri sirote son scotch et fait un geste vers la boisson alcoolisée sur la table pour moi.

— J'ai pris le risque de te commander un Amaretto Sour.

J'attrape volontiers la boisson, désireuse de brûler les souvenirs de l'heure passée.

— Pour oublier...

Je grimace devant le choix de mes mots. Je n'ai même pas encore touché à mon verre et je me ridiculise.

Dmitri sourit. S'il est vexé, il le cache bien.

— Pour oublier le dernier coup de fil, dit-il.

Il fait tinter mon verre.

Je soulève le liquide ambré, ce qui aide à tuer le goût dans ma bouche. Je suis reconnaissante pour la boisson et la termine en quelques secondes. Je fais signe à la serveuse de venir, mais il lui faut une minute pour arriver à notre table.

— J'ai commandé un dîner pour toi aussi, dit Dmitri. Une soupe faite maison. Mais si tu veux commander autre chose à la place, je suis sûr qu'on peut encore changer la commande. Ou la compléter.

— Une soupe, c'est parfait.

Je ne suis pas sûre de pouvoir manger beaucoup, mais passer quelques minutes à oublier Antonio et le travail suffira, je l'espère, à me redonner l'appétit.

La serveuse vient à notre table, et je commande un autre Amaretto Sour tandis qu'Antonio commande un autre scotch.

— Demain, tu peux rester à l'hôtel quand je rendrai visite à Anton et Savannah. Ce sera plus sûr pour toi si tu n'es pas avec moi.

— Plus sûr parce qu'ils veulent te tuer ? demandé-je.

La musique pulsée empêche quiconque d'entendre notre conversation. Il y a une petite foule, la plupart traînant près du bar.

— Je ne peux pas être certain qu'ils ne vont pas réessayer, dit Dmitri. Et puis, tu n'as pas besoin de vivre un autre événement traumatisant après ce soir.

J'expire en tremblant.

— J'irai mieux demain. C'est juste que... je ne m'attendais pas à entendre Antonio prendre la vie d'un homme.

— Il peut être difficile d'être témoin, dit Dmitri.

— Parles-tu par expérience ?

Je ne peux pas imaginer qu'il le soit, mais il a été à l'autre bout du canon d'une arme.

Il sirote son scotch et me fait un sourire en coin.

— Comment va ton estomac ?

Est-ce qu'il change intentionnellement de sujet ou essaie-t-il de me faire oublier la soirée de merde que nous avons passé ?

— Ça pourrait être mieux, mais honnêtement, ce que tu as fait pour moi étai imprudent.

— Comment ça ?

— Tu as pratiquement dénoncé un chef de la mafia. Je veux dire, si ce que tu dis est vrai.

Et j'ai moins de raisons de douter de lui après le coup de fil inattendu et involontaire d'Antonio.

— Si ce que je dis est vrai ? répète-t-il.

— Tu as dit que je suis sous ta protection. Et tu as mentionné ton patron, Mikhail. Qu'est-ce qu'il a à voir avec tout ça ? Comment se connaissent-ils ?

L'ombre d'un sourire disparaît de ses traits. Son regard se durcit, et il se redresse sur la banquette.

— Vieille famille. La petite sœur de Mikhail a épousé Antonio.

— Tu parles d'une affaire compliquée, murmuré-je.

— Tu as fini de travailler pour le bar de Moretti. Si tu as besoin d'un travail, tu viendras servir les tables ou gérer les commandes de boissons au Club Sage.

— C'est un club de strip-tease.

— Tu as un problème avec l'endroit où je travaille ?

Dmitri me fixe du regard.

— Non, juste que je ne vais pas me déshabiller pour un homme...

— Tu as raison. Tu ne vas pas te déshabiller pour un autre homme que moi, dit-il.

Je frissonne et j'espère qu'il ne le remarque pas. Il y a quelque chose dans sa domination qui attise un feu au fond de moi.

— Nous ne sortons pas ensemble, dis-je en rappelant à Dmitri que je ne lui appartiens pas.

Je ne suis pas sa petite amie. Nous sommes seulement des amis.

— On ne sort pas ensemble, mais on devrait peut-être le faire, dit-il. Ne stresse pas pour l'instant. Sache juste que je te protégerai, quoi qu'il arrive.

Mes lèvres s'écartent et un léger souffle d'air s'échappe. La pièce est chaude, et j'attrape mon deuxième verre que la serveuse apporte à la table, en avalant tout.

Je suis sûre que je rougis, mais je m'en fiche. Mes yeux se fixent sur sa poitrine. Il y a un bouton qui est à moitié défait, et je veux finir de l'enlever et l'aider à se déshabiller.

Le dîner est apporté, interrompant le moment entre nous. Je suis reconnaissante à Dmitri d'avoir commandé pour moi. Le bol de soupe a l'air délicieux, et je doute de pouvoir en manger beaucoup plus ce soir.

Je suis à la fois fatiguée par le vol et épuisée par l'épreuve avec Antonio. Je mange tranquillement ma soupe pendant que Dmitri s'empiffre d'un sandwich. Nous mangeons tous les deux très légèrement ce soir.

Après le dîner, nous retournons à la station. En descendant la montagne, celle-ci est éclairée, ce qui la rend facilement visible de loin. C'est comme regarder le Strip de Vegas de loin, sauf que c'est un seul bâtiment au milieu de nulle part.

C'est grandiose.

Nous entrons dans notre chambre. Il n'y a qu'un seul lit, ce qui me convient. Ce n'est pas comme si nous n'avions jamais partagé un lit auparavant ou dormi ensemble.

Je prends mon pyjama dans mon sac et l'apporte dans la salle de bains pour me changer. Je me brosse les dents, et le temps que j'aie fini, Dmitri est déjà au lit, les couvertures remontées jusqu'à sa taille. Il ne porte pas de chemise, et je n'arrive pas à savoir s'il porte quelque chose sous les couvertures.

Il a allumé la lampe de chevet, et j'éteins les autres lumières. En tirant sur les couvertures, je n'avoue pas que je suis déçue qu'il porte un caleçon, bien qu'il puisse facilement l'enlever. Mais après la nuit que nous avons passée, je ne lui en voudrais pas s'il n'avait pas envie de m'embrasser.

Il éteint la lumière quand je me glisse sous les couvertures, allongée à côté de lui.

— Bonne nuit, murmure-t-il.

Le lit se déplace quand il se retourne et passe son bras autour de ma taille.

— Bonne nuit, dis-je.

Je m'allonge sur le dos et tourne mon cou, en le regardant. La chambre est noire, ce qui rend impossible de voir son visage à quelques centimètres du mien.

———

Je me réveille tôt et me retourne pour trouver le lit à côté de moi vide. Les draps sont froids. Mes yeux s'ouvrent en un éclair et je réalise que Dmitri est dans la salle de bain en train de se doucher.

En frottant le sommeil de mes yeux, je sors du lit et je suis soulagée quand la porte de la salle de bain est déverrouillée.

Je me glisse dans la salle de bain et me déshabille.

— Sadie ?

— La seule et unique, dis-je avec un sourire en coin en faisant glisser la porte vitrée et en entrant dans la cabine de douche avec lui.

Il me tire contre lui et grogne avant que nos lèvres ne s'écrasent. Mes doigts s'emmêlent dans ses cheveux et ses mains s'agrippent à ma taille, s'accrochant à moi comme si sa vie en dépendait.

Peut-être que c'est le cas.

Je l'ai sauvé une fois.

Sa bite est dure, elle me touche, elle demande de l'attention.

Je me mets à genoux, mes lèvres l'accueillent tandis que mes doigts titillent ses couilles.

— Putain, murmure-t-il en appuyant sa main contre la cabine de douche.

Je le regarde fixement, et un sourire malicieux traverse mon visage, aimant chaque moment avec lui. Ma langue traîne le long de sa tige, et il attrape une poignée de mes cheveux d'une main, ses doigts s'emmêlant dans mes mèches.

Chaque respiration qu'il prend est plus prononcée. Déchirée.

— Sadie, chantonne-t-il.

Il ne tiendra pas beaucoup plus longtemps. Et je suis heureuse de lui rendre service. Je le prends plus profondément dans ma gorge, avalant tout ce qu'il a à offrir.

Nous finissons de nous doucher ensemble, ses doigts savonnant chaque centimètre de mon corps, son toucher possessif alors qu'il me marque et me réclame pour lui. Il mord mon cou, ma chair, ses doigts s'enroulant dans mon centre douloureux, m'amenant au bord du précipice. Encore une fois. Et encore.

C'est divin, et mes jambes tremblent lorsque nous arrêtons l'eau tiède. Dmitri m'enveloppe dans une serviette blanche duveteuse et en prend une pour lui pour se sécher.

— Quel est le programme d'aujourd'hui ? demandé-je, sachant qu'il veut affronter l'homme qui lui a tiré dessus.

Je ne vois rien de bon à en tirer.

Si l'homme sait que Dmitri est vivant, ne va-t-il pas essayer à nouveau de le tuer ?

Mes entrailles sont tordues, et mes mains tremblent alors que je m'habille. Je garde mes inquiétudes pour moi. Dmitri serait venu ici seul si je n'avais pas insisté pour le suivre.

Il ne devrait pas être seul.

Bon sang, je ne veux pas qu'il soit seul. Je l'aime plus que je ne le devrais pour une situation d'ami avec des avantages.

Je l'aime beaucoup.

Le dîner de répétition et le mariage approchent à grands pas. Je ne veux pas être sa fausse cavalière. Je veux que ce soit réel entre nous. Ce qu'on partage ne doit pas être faux. Et il en a parlé hier soir, mais je suis restée silencieuse.

Après nous être habillés, nous prenons un petit déjeuner rapide avant que Dmitri ne nous ramène en voiture dans la montagne. Il suit les indications de son GPS sur la route sinueuse et courbée jusqu'à ce que nous nous arrêtions devant une petite cabane en rondins.

Dmitri coupe le moteur.

Il y a un SUV garé devant la maison. Il n'y a pas de garage ou autre chose de frivole. Des bois entourent la propriété sur la montagne.

Je détache ma ceinture de sécurité et ouvre la porte.

— Attends, dit Dmitri.

Sa voix est rauque. Il s'éclaircit la gorge.

— Tu devrais rester dans la voiture.

— Je n'ai pas fait tout ce chemin avec toi pour m'asseoir dans la voiture.

J'ignore sa demande, et il grogne dans son souffle en sortant.

Nos pieds crissent sur le gravier. Nous ne sommes pas silencieux dans notre approche, mais cela ne semble pas avoir d'importance. Personne ne sort en trombe avec une arme pour nous menacer.

Je ne sais pas trop à quoi je m'attends.

Dmitri se dirige vers les escaliers du porche en bois et frappe de manière proéminente, attendant que quelqu'un réponde.

Je penserais qu'ils pourraient être au travail s'il n'y avait pas une voiture dans l'allée. C'est un jour de semaine.

La serrure clique, et une femme aux longs cheveux blonds tire la porte. Ses yeux bleus rencontrent les miens avant de se poser sur Dmitri.

— Dmitri, murmure-t-elle.

Ses yeux clignent. Sa main se pose sur son petit ventre pour le protéger.

— Savannah, dit Dmitri.

Son nez tressaute tandis qu'il jette un coup d'œil devant elle.

— Anton est là ?

Elle ne répond pas à sa question, mais vu qu'il ne se précipite pas vers la porte, je suppose qu'il n'est pas là.

— Comment nous as-tu trouvé ? demande Savannah, en prenant une grande inspiration.

Elle se tient à l'entrée principale, ne nous invitant pas à entrer. Ses yeux ratissent Dmitri, mais ce n'est pas intime. Elle l'examine, cherchant quelque chose en lui.

Une arme ?

— Ce n'était pas si difficile. J'ai engagé un détective privé. Lucys sœur vit en ville, dit Dmitri.

— Merde, murmure Savannah dans son souffle.

Elle secoue la tête. Son teint pâlit. De la sueur perle sur son front.

— Es-tu venu sur les ordres de Mikhail ?

Mikhail.

Pourquoi le propriétaire du club voudrait que Dmitri les trouve tous les deux ? Dmitri a été abattu.

Je fais un pas en arrière, essayant de tout reconstituer dans ma tête. Est-ce que Mikhail est derrière la tentative d'assassinat de Dmitri ? Si c'est le cas, pourquoi lui fait-il encore confiance ? Pourquoi diable travaille-t-il pour lui ?

— Je suis venu ici pour moi-même, dit Dmitri. Je veux savoir qui m'a tiré dessus, putain. C'était toi ou ton joli petit ami ?

Les lèvres de Savannah se tournent vers le haut dans un sourire en coin.

— Tu ne te souviens pas ?

Les mains de Dmitri se resserrent en poings sur les côtés.

S'il s'en souvenait, nous ne serions pas là, à essayer de l'aider à se remettre du jour où on lui a tiré dessus.

La blonde continue de parler, ses yeux se resserrant sur lui.

— Nikita et toi avez poursuivi Anton. La bratva voulait ma mort, et Anton a épargné ma vie en risquant la sienne.

— La bratva ? murmuré-je, ma voix se bloquant dans ma gorge.

Savannah lève un sourcil et jette un regard de moi à Dmitri.

— Ne me dis rien. Tu n'as pas dit que tu travaillais pour la Bratva russe ?

Je fais un pas en arrière, trébuchant sur les marches du porche, mais je ne tombe pas.

Dmitri a tellement insisté pour que je me tienne à l'écart d'Antonio parce qu'il dirige la mafia qu'il a négligé de mentionner qu'il n'est pas mieux.

Je me dépêche de traverser la forêt en courant. Je n'ai pas les clés du véhicule pour laisser Dmitri derrière moi.

DOUZE

DMITRI

Putain ! Ça ne s'est pas passé comme prévu.

Sadie s'enfuit à pied quand elle apprend que je travaille pour la bratva.

— Merci beaucoup ! crié-je Savannah. Maintenant regarde ce que tu as fait.

Je fais un geste vers la forêt.

— Ce n'est pas assez que ton petit ami me tire dessus, mais tu dois ruiner la seule bonne chose que j'ai !

— Anton ne t'a pas tiré dessus, dit Savannah.

Sa voix est calme, son comportement beaucoup plus détendu qu'elle ne devrait l'être, compte tenu de son état.

Non pas que je ferais du mal à une femme enceinte, mais elle devrait avoir peur. Si je l'ai trouvé, le bratva peut aussi.

— Alors qui l'a fait ? Toi ?

Je ne devrais pas être surpris, vu qu'elle est du FBI. Enfin, elle était un agent du FBI quand elle a rencontré Anton. Elle était un agent sous couverture et l'a converti.

— Tu ne te souviens pas, dit Savannah.

Elle prend son temps et regarde la forêt devant moi.

Je suis son regard. Sadie est hors de vue.

La salope a gagné du temps pour éloigner Sadie de moi !

Je n'en ai plus rien à faire de savoir qui m'a tiré dessus. Sadie est partie. Dans la forêt, et qui diable sait où elle est ? Il y a des grizzlis dans les bois, et elle est seule.

Je tourne les talons et me précipite dans la direction où Sadie est allée en la poursuivant.

— Nikita t'a tiré dessus !

Savannah me crie dessus alors que je me précipite loin de la cabane.

Je ne veux pas croire ce que Savannah a dit parce que j'ai été trahi par l'un de mes meilleurs amis et alliés les plus proches. Cependant, je faisais confiance à Anton autant qu'à Nikita. Mon estomac se retourne, mais ce n'est pas à cause de la nouvelle de qui a essayé de me tuer.

Il n'y a aucun signe de Sadie.

— Sadie ! crié-je, fouillant la forêt, à la recherche d'un quelconque signe de son passage et de la direction qu'elle a empruntée.

Il y a plusieurs branches cassées, mais elles vont dans deux directions différentes. Il y a une autre cabane à l'ouest, visible après un petit pont et un cours d'eau.

Aurait-elle pu aller chercher de l'aide chez les voisins ?

Je ne veux pas impliquer quelqu'un d'autre si elle n'est pas allée frapper à leur porte.

Putain.

Il n'y a aucun signe d'elle, seulement le son de l'eau qui ruisselle dans la forêt. Le lit de la rivière est considérablement sec. Il n'y a aucune chance que Sadie ait été emportée ou qu'elle ait décidé de marcher dans l'eau pour éviter qu'on voie ses empreintes.

Je tourne autour. La cabane où vit Savannah est toujours visible. Sadie a dû aller plus loin dans la forêt. Je continue à marcher, incertain d'être dans la bonne direction. Elle a pu grimper à un arbre ou trouver une enclave où se cacher.

Je sors mon téléphone portable de ma poche. J'ai étonnamment un signal décent. J'ai une chance. Si elle éteint son téléphone, je ne pourrai pas la trouver.

Je sors son nom de ma liste de contacts et j'appelle. Au loin, je peux entendre son téléphone. Le son rebondit sur les arbres et le paysage. Je me précipite dans la direction avant que la sonnerie ne cesse, et quand je réessaie, je tombe directement sur la messagerie vocale.

Je ne laisse pas de message.

Qu'est-ce que je pourrais dire ?

Je ne vais pas avouer que je travaille pour la bratva au téléphone. C'est une conversation à avoir en personne.

Des véhicules traversent la forêt. Il doit y avoir une route plus loin.

Moins de vingt minutes plus tard, je sors de la clairière. Il n'y a aucun signe visible de Sadie. A-t-elle fait de l'auto-stop ? Est-elle restée dans la forêt ? Peut-être qu'elle descend la montagne ?

Je ne peux pas continuer à la chercher. Elle pourrait être n'importe où, et il est évident qu'elle ne veut pas être trouvée.

Je descends la route de montagne et reconnais l'entrée de la cabane où vivent Savannah et Anton.

Le véhicule de Savannah est toujours garé devant la maison.

Je sors mes clés de ma poche et saute sur le siège avant. Je descends la montagne, en gardant un œil sur la route pour tout signe de Sadie.

Elle n'est nulle part en vue.

Je retourne à l'hôtel, ne m'attendant pas à la trouver dans la chambre, mais j'ai de l'espoir.

Elle n'est pas dans la chambre d'hôtel. Ses vêtements n'ont pas été touchés. Ses affaires ont été abandonnées comme elle les avait laissées la dernière fois. Je m'arrête à la réception pour savoir où je peux acheter des produits de première nécessité pour la randonnée et le camping.

J'aurai besoin d'une lampe de poche si je me retrouve dans la forêt lorsque le soleil se couche. Si je rencontre un ours, j'aurai besoin d'un spray anti-ours.

Il y a une boutique au centre de villégiature, et je fais des provisions de produits essentiels ainsi que quelques collations et bouteilles d'eau. Je remonte la montagne jusqu'à la cabane et je frappe à nouveau à la porte de Savannah.

— Je ne l'ai pas vue, dit Savannah. As-tu essayé d'appeler son téléphone portable ?

Je pousse un gros soupir. Cela fait déjà quelques heures. J'ai peur qu'elle soit perdue et qu'elle ne sache pas comment sortir.

— Oui, elle l'a éteint.

— Ou elle t'a bloqué. Quel est son numéro ?

Je donne à Savannah son numéro de téléphone, et elle compose le numéro en attendant. Ses yeux s'illuminent quand elle répond.

— Allô ?

Savannah la met sur haut-parleur mais lève un doigt pour m'avertir mon cul de rester silencieux.

— Sadie, où es-tu ?

Je ne peux pas m'en empêcher.

Savannah me regarde fixement pour que je la ferme.

— Je ne sais pas, dit-elle.

Les feuilles craquent, et un grognement se fait entendre en arrière-plan. Sa voix tremble.

— Je viens de trouver deux bébés oursons près d'une grotte.

— Sors de là. La mère sera protectrice envers ses petits.

— Je...

L'appel se coupe.

Sadie pourrait être n'importe où.

TREIZE

SADIE

Courir au milieu de nulle part n'était pas la décision
la plus intelligente que j'ai jamais prise. Pire, tomber
nez à nez avec deux oursons en cherchant un abri.

Leur mère n'est pas loin derrière.

Elle grogne alors que je recule, en gardant la tête
baissée. Je ne connais pas bien les ours, mais avec les
chiens, on ne veut pas les provoquer. Je suppose que
c'est la même chose quand il s'agit d'un regard
menaçant.

Je détourne mon regard et recule à grandes enjambées, faisant de mon mieux pour échapper à la maman ours avant qu'elle n'attaque.

Mon téléphone portable me tombe des mains et s'écrase sur une branche d'arbre posée sur le sol. Il est mort. Je ne sais pas où je suis ni comment je vais sortir de la forêt.

Être perdue est ma deuxième préoccupation. La première est l'ours agressif qui me traque.

À chaque pas que je fais en arrière, elle se rapproche de deux pas.

Je n'ai rien à lui lancer. Rien pour faire du bruit et l'effrayer. Je ne suis plus près de ses oursons, mais elle ne semble pas s'en soucier, seulement du fait que je l'étais.

Je ne veux pas être une menace, mais c'est trop tard.

Les supplications ne vont pas me sauver.

Je fais un pas de plus et trébuche sur un tronc, atterrissant sur les fesses.

La maman ours en profite pour se jeter sur moi.

J'attrape un rocher par terre et le lui jette.

Ce n'est pas suffisant.

Je crie, trouve une autre pierre, et la jette sur l'ours.

Au loin, le son d'un fusil retentit.

L'ours est fixé sur moi.

Je m'écrase contre le sol, en reculant. Je ne peux pas me relever sans me retrouver face à face avec le grizzly.

L'ours est agité. En colère.

Elle me donne des coups de pattes alors que je recule, et elle me saute dessus. Je suis sûre que c'est fini. C'est terminé. Je ne reverrai jamais Allie. Ma sœur va devoir l'élever. On dit que votre vie défile devant vos yeux.

Les deux orbes sombres des yeux de l'ours et ses dents pointues me fixent. L'ours attrape mes cheveux, me tire la tête tandis que je hurle d'horreur.

Ça y est, c'est la fin.

Un autre coup de feu.

Mes yeux se ferment, la douleur de ma tête et le poids de l'ours écrasant ma poitrine.

———

Je me réveille au son de bips - des draps en coton doux. Et un matelas raide dans mon dos. Mes doigts courent sur le tissu tandis que mes yeux s'ouvrent.

— Elle est réveillée, dit la blonde en faisant signe à Dmitri de revenir dans la chambre d'hôpital.

Il porte une tasse de café fumante. Ses yeux sont remplis d'inquiétude.

Savannah n'est pas la seule à être à mes côtés. Je ne reconnais pas l'homme, mais il a sa main sur son épaule. Est-ce Anton ?

— C'est bon de te voir réveillée, dit l'étranger. Je vais le faire savoir au docteur.

— Merci, Anton.

Dmitri pose sa tasse de café sur la table d'appoint et s'approche de mon lit, sa main trouvant la mienne.

— Tu nous as fait une sacrée frayeur.

J'acquiesce et je grimace à cause de la douleur. Cela pourrait être pire. J'ai l'impression que mes entrailles sont écrasées, et ma tête palpite, mais je suis en vie.

— C'est grave ? demandé-je.

Je n'ai pas vu mon reflet. Est-ce que j'ai des cicatrices de l'attaque de l'ours ?

— Tu as été inconsciente quelques heures, mais les médecins ne sont pas inquiets. Quelques côtes cassées et une légère commotion.

— C'est tout ?

Mes mains tremblent alors que je les repose sur mes genoux.

— Tu as eu de la chance que Savannah sache où tu étais. Nous avons pris le 4x4 pour te retrouver et empêcher l'ours de t'attaquer.

— Vous l'avez tué ? demandé-je.

Je ne peux pas m'empêcher de craindre que les oursons ne survivent pas sans leur mère.

Savannah me tapote le bras.

— Tu as de la chance d'être en vie. Quelques secondes de plus, et nous ne serions pas en train de te rendre visite à l'hôpital.

J'expire un grand coup. Je suis en colère contre lui pour m'avoir menti et avoir caché son identité, mais je ne peux pas lui en vouloir éternellement. Il m'a sauvé la vie.

Le médecin entre dans la pièce et m'examine rapidement, s'assurant que je me sens bien. Ils veulent me garder un jour de plus en observation.

Le docteur part, et Savannah tire Anton pour qu'il la suive.

— Nous vous donnons à tous les deux une minute.

Je ne suis pas sûre de vouloir être seule avec Dmitri. Je suis partagée entre la colère et l'amour. C'est un sentiment étrange.

Il s'assied sur une chaise voisine, qu'il rapproche du lit. Il tend la main vers moi, mais je me retire aussi vite qu'il essaie de me toucher.

— Je suis désolé de ne pas t'avoir dit pour qui je travaillais, mais je ne voulais pas t'impliquer dans quelque chose de dangereux.

Je souffle.

— C'est absurde, dis-je. Je t'ai trouvé abattu dans la forêt. Je suis impliquée, Dmitri.

Sa langue sort et effleure sa lèvre supérieure.

— Tu l'es, admet-il.

Il s'exprime par un lourd soupir.

— Je veux vous protéger, toi et Allie. De la mafia aux animaux sauvages dans la forêt. Je ne peux pas le faire si tu ne me laisses pas t'approcher.

Il jette un coup d'œil à mes mains, et je l'autorise à me toucher cette fois. C'est un geste simple, pas trop intime.

Des pas de bébé.

— Je ne prévois pas d'aller dans d'autres forêts, plus jamais. Je suis une fille de la ville.

Je veux rentrer ce soir. Ma maison et mon lit me manquent. Je n'ai jamais pensé que je me sentirais plus en sécurité à New York que dans une petite ville, probablement parce que New York n'a pas de grizzlis.

Je ne suis pas sûre de pouvoir dormir sans faire de cauchemars.

— Je t'aime, Malishka. Toute cette histoire de prétendre être un couple m'a fait réaliser que tu es la seule femme que je veux dans ma vie.

— Je suis un tout. Allie et moi.

— Encore mieux, dit-il avec un sourire grandissant. Ça veut dire que tu vas me reprendre ?

Ce n'est pas si simple. Il m'a menti. Il a gardé des secrets. Pourquoi pense-t-il que je vais sauter avec empressement dans son étreinte ? Bien sûr, le sexe était de la dynamite, et j'aimais être avec lui, mais c'était avant que je découvre qu'il travaillait pour la bratva.

Qu'est-ce qu'il ne m'a pas dit d'autre ?

— Je ne sais pas. Tu m'as fait du mal. En me mentant, tu as brisé ma confiance.

Je m'attends à moitié à ce qu'il se défende. Qu'il me dise que ce n'était pas un mensonge, mais une omission.

— Tu as raison, Sadie. Je suis désolé. Je vais m'améliorer. Je ne te cacherai plus rien.

QUATORZE

DMITRI

Le Montana a été un putain de cauchemar. Entre Sadie qui s'est fait attaquer par un ours, la découverte que je travaille pour la Bratva russe et le fait d'apprendre par Anton que Nikita est l'homme qui m'a tiré dessus, mon monde a été chamboulé.

Sadie va très bien. Ses blessures ne sont pas visibles. Elle semble avoir surmonté sa commotion cérébrale, et les contusions sur ses côtes prendront du temps à guérir. Le médecin lui a conseillé de ne pas porter de charges lourdes, de se ménager et de se reposer.

Je porte sa valise jusqu'à l'avion privé et nous retournons chercher Allie pour reprendre notre vie en ville. J'ai hâte de rentrer chez moi, mais je ne sais pas ce que cela signifie pour nous.

Elle ne m'a pas exclu comme je le pensais, et nous avons encore beaucoup de choses à nous dire pendant le vol de retour.

Sur nous.

Sur la bratva.

Son travail pour les Italiens.

Elle ne peut pas retourner au bar. C'est trop dangereux. Maintenant qu'Antonio sait qu'elle est à moi, il pourrait l'utiliser pour nous atteindre. Ce ne serait pas la première fois qu'ils nous causent des problèmes.

Elle s'assoit en face de moi, et un silence emplit l'air alors que nous décollons. J'attends que nous soyons à l'altitude de croisière avant de détacher ma ceinture de sécurité.

— Nous devons parler de ce qui va se passer quand nous rentrerons à la maison.

Ses sourcils se froncent, et elle appuie sa main sur sa tête comme si elle avait mal.

— Tu as besoin de quelque chose pour la douleur ? demandé-je.

Les médecins lui avaient donné quelques ordonnances au cas où elle en aurait besoin.

— Non, dit-elle.

Elle se penche en arrière, faisant de son mieux pour se détendre dans le fauteuil en cuir blanc.

— Continue, dit-elle en me faisant signe de poursuivre.

— Je pensais ce que j'ai dit l'autre jour à propos de te protéger.

Ses sourcils sont froncés. Elle ne semble pas s'en souvenir ou pense que je fais référence à l'attaque de l'ours dans la forêt. Ces deux jours ont été longs.

— Antonio ne va pas aimer l'association entre nous, amis ou non, dis-je.

Bien que je veuille faire d'elle ma petite amie et la garder pour moi tout seul, je respecte le fait qu'elle ait traversé beaucoup d'épreuves et qu'elle ne soit peut-être pas prête à s'engager.

— Oui, je me souviens que j'ai perdu mon travail. Encore.

Elle m'épingle du regard, et je me déplace mal à l'aise sous son regard.

— Je te l'ai dit, Nikita va t'embaucher comme barmaid ou serveuse.

— Tu ne peux pas le savoir, dit Sadie. Tu ne lui as même pas parlé.

Elle a raison. Je n'ai pas bavardé avec lui ni ne l'ai appelé pendant mon séjour à Breckenridge. Ce n'était pas sûr pour Anton et Savannah.

Nikita a trahi Mikhail et ses frères.

Anton et moi avons eu une discussion tendue quand Sadie était à l'hôpital. Il m'a assuré qu'il voulait juste qu'on le laisse tranquille, qu'on lui donne une seconde chance avec Savannah.

Et Nikita, aussi mauvais qu'il ait pu être en me tirant dessus, l'avait fait pour protéger la famille.

Mikhail avait merdé et agi sans mérite, demandant que Savannah soit exécutée alors qu'il avait couché et ramené un agent du FBI lui-même.

Même si je n'étais pas d'accord avec Anton, j'ai apprécié sa franchise et son point de vue sur la situation.

Et vu qu'ils ont aidé Sadie, je ne leur en voulais plus. De plus, ce n'était pas eux qui m'avaient tiré dessus.

Je devrai par contre parler avec Nikita.

— Nikita va t'engager, dis-je, mon regard ne quittant pas le sien. C'est lui qui m'a tiré dessus, et s'il ne veut pas que Mikhail découvre qu'il s'est mêlé de ce qui ne le regardait pas, il fera ce que je lui demande.

— Tu vas le faire chanter ?

— C'est une façon de voir les choses, dis-je.

Ce n'était pas mon intention, mais j'ai compris qu'il donnait une seconde chance à son ami.

J'ai eu de la chance d'avoir une seconde chance, que Sadie m'ait trouvé, sinon je serais probablement mort.

Sadie est calme et contemplative.

— Et pour Antonio ? Dois-je m'inquiéter pour ma fille ? Devrions-nous envisager de quitter New York pour un autre endroit ? Je ne veux pas vivre dans un endroit boisé où il y a des grizzlis, mais Chicago ou Los Angeles seraient plus sûrs.

J'attrape ses mains, en entrelaçant nos doigts ensemble.

— Tu n'as pas besoin de quitter la ville. Je t'ai dit que je te protégerai.

— Tu ne peux pas être là à chaque instant, Dmitri. J'ai besoin de savoir que la mafia ne traque pas ma fille.

— Epouse-moi.

— Quoi ?

Je souris et je ris en voyant le regard horrifié qu'elle a sur le visage.

— Relax.

— Maintenant tu vas suggérer qu'on fasse un faux mariage ?

Elle secoue la tête.

— Tu abuses, ajoute-t-elle.

— Ce n'était pas ce que j'allais suggérer.

Je veux vraiment l'épouser. Un jour. C'est trop tôt pour se lancer, mais je veux qu'elle sache que ma famille la protégera. Et je veux que les Italiens voient qu'elle nous appartient.

— Alors ?

Elle attend que je développe.

— Allie et toi emménagez avec moi. Je vis dans l'enceinte avec d'autres membres de la bratva.

— Dmitri, non.

— Écoute-moi, dis-je en prenant ses mains et en les serrant doucement. Ils sont ma famille, et ils te protégeront. Ils mourront pour toi. Et plus important encore, Antonio ne s'approchera pas de la maison.

Elle expire un souffle lourd.

— Vous êtes ennemis tous les deux ?

— C'est exact. Et entre toi qui entends le coup de feu et lui qui découvre que nous sommes ensemble, tu seras une cible. Je peux continuer à garder une équipe de sécurité qui surveille ton appartement, mais je ne peux pas promettre qu'il ne viendra pas te harceler. Je suis sûr qu'il sait où tu vis puisque tu travailles pour lui.

— Oh, il sait très bien où je vis. Il a rencontré ma fille, dit Sadie avec une grimace. Je l'ai bêtement laissé entrer chez moi pour utiliser les toilettes.

— Tu as fait quoi ?

Mes mains se serrent en poings et je me lève pour faire les cent pas dans le petit avion.

— Il a rencontré Allie ?

— Brièvement, dit Sadie. Je n'ai rien pensé de tout ça.

— Il aurait pu mettre un mouchard dans ton appartement. Je vais demander à un de nos hommes de fouiller l'immeuble dès notre retour. A moins que tu n'acceptes de me rejoindre et de vivre sous mon toit.

Elle pince les lèvres, considérant la demande.

— Avec une bande d'hommes adultes ? Ça ne semble pas sain pour Allie.

— Il y a d'autres familles qui vivent dans l'enceinte. Certaines d'entre elles ont des enfants. Allie sera l'aînée des enfants, mais je suis sûr qu'elle s'intégrera. Elle aura sa propre chambre, et nous partagerons une chambre.

— Et ton patron serait d'accord avec ça ?

— Il le serait si on était fiancés, dis-je.

Sadie ouvre la bouche, et je jure qu'elle est sur le point de protester.

— On n'est pas obligés de fixer une date de mariage, dis-je. Mais nos fiançailles devraient me suffire pour convaincre Mikhail de vous ramener Allie et toi à la maison.

— Je peux y réfléchir ?

— Bien sûr. Mais je veux que tu saches... dis-je en me penchant devant son siège et en prenant ses mains dans les miennes.

Ce n'est pas une demande en mariage. Je n'ai pas de bague, et je doute qu'elle dise oui.

— Je fais cela parce que je t'aime et que je veux passer ma vie avec toi et ta fille.

QUINZE

SADIE

Si Dmitri m'avait demandé en mariage, je ne suis pas sûre que j'aurais dit oui. Mais je tiens à lui plus que je ne le devrais pour une fausse relation.

Et le plus drôle, c'est que rien de ce qui nous concerne n'est faux. Ça n'a jamais été le cas.

Après avoir récupéré Allie en Nouvelle-Écosse, je lui annonce la nouvelle sans tout lui dire. Elle n'a pas besoin de savoir que l'homme dont je suis tombée amoureuse est avec la Bratva russe.

C'est un secret que je ne pense pas que ma fille de treize ans puisse garder.

Elle est ravie d'apprendre que nous sommes à nouveau ensemble et que nous allons vivre dans une nouvelle maison. Bien qu'elle ait beaucoup plus de questions que je n'ai de réponses, je lui ai promis que nous ferions les choses étape par étape.

— Cette maison est si grande ! dit Allie.

Sa bouche s'ouvre alors que nous passons les portes en fer forgé et l'entrée du gardien.

— Notre famille vit ici. Nous tous, sous le même toit, dit Dmitri.

— Comme vos parents et grands-parents ? demande Allie.

— Mes frères.

— C'est trop cool ! J'aimerais avoir des frères et sœurs. Ce serait chouette de vivre avec eux quand on sera grands.

J'expire un souffle nerveux, ne voulant pas qu'Allie aille plus loin dans ses questions sur Dmitri et sa famille. C'est une jeune fille intelligente et suffisamment vive pour comprendre que ces hommes ne sont pas biologiquement liés à lui.

— Es-tu sûr que c'est bon pour nous de rester ici avec toi ? demandé-je.

Je ne veux pas être un obstacle.

— J'insiste. Et j'ai déjà contacté votre voisine qui surveille Kona. Elle la déposera ce soir.

Dmitri s'arrête devant l'entrée principale et met le véhicule en stationnement. Je sors. Le manoir est clairement sur deux terrains et est bien entretenu.

Dmitri ouvre le coffre et récupère nos bagages du voyage. Nous avons déjà discuté de la nécessité de retourner à l'appartement pour ranger nos affaires, mais il a insisté pour que des déménageurs s'occupent de tout. Nous ne devons pas retourner à l'appartement à moins qu'il ne nous accompagne.

Allie admire l'extérieur de l'immeuble, debout devant, en regardant les moulures complexes, le décor et l'architecture.

— Wow.

— Je sais. Ils disent que l'extérieur a de vraies moulures en or, chuchote Dmitri un peu trop fort à Allie.

Ses yeux s'illuminent.

— Vraiment ?

Dmitri hausse les épaules.

— C'est ce que j'ai entendu dire.

Je souris, en regardant les deux d'entre eux interagir. Il est bon avec Allie. Elle n'a jamais eu de figure masculine dans sa vie et penser que les hommes autour desquels elle va grandir à partir de maintenant seront des membres de la bratva est effrayant.

Mais s'ils sont comme Dmitri, alors ce ne sera pas si mal. Je l'aime beaucoup, ce qui explique pourquoi il a été si facile pour moi d'accepter d'emménager avec lui. J'ai des doutes, mais il a promis de me protéger, et avec la mafia italienne tapie dans l'ombre, c'est l'option la plus sûre.

Allie glisse son bras dans le sien, le laissant l'escorter à l'intérieur. Il laisse les bagages devant l'entrée et nous fait visiter l'intérieur.

La maison est magnifique. L'escalier sur la droite monte en spirale jusqu'au premier étage. Dmitri nous fait d'abord visiter le rez-de-chaussée, en nous présentant les autres enfants et leurs mères dans la salle de jeux, avant de nous montrer la salle à manger, la cuisine et la salle de bains.

La visite se poursuit à l'étage. Dmitri prend nos sacs. Il ne me laisse rien porter, et il a raison. Je dois laisser mes côtes guérir après l'incident de l'ours.

Dmitri montre à Allie sa chambre à côté la nôtre. Je suis soulagée de savoir qu'elle sera proche de nous.

Elle s'installe sur le matelas et jette un coup d'œil à la pièce vide. Il y a une commode en face du lit et une table de nuit, mais pas grand-chose d'autre.

— Je peux la décorer ? demande-t-elle.

— Si tu veux mettre des posters sur les murs, je suis sûr que c'est ok.

— Et de la peinture ?

Un large sourire s'étend sur son visage.

— J'ai toujours voulu peindre ma chambre, mais je ne pouvais pas parce que c'était un appartement.

Dmitri lui offre un sourire chaleureux.

— Ce sera notre première tâche.

— Vraiment ?

Les yeux d'Allie s'illuminent.

— Demain matin, nous irons au magasin, et tu pourras choisir la couleur que tu veux pour ta chambre.

— Génial !

— Merci, murmuré-je, prenant la main de Dmitri et en entrelaçant nos doigts.

J'apprécie tout ce qu'il a fait, y compris son patron qui m'a embauché au Club Sage en tant que barmaid.

———

Après le dîner, Allie semble bien s'adapter, lisant un livre dans sa nouvelle chambre avec Kona lové sur son lit de chiot.

Dmitri a proposé à Allie d'acheter une étagère qu'elle pourra remplir avec autant de livres qu'elle le souhaite si elle promet de les lire. Elle est au paradis.

— Marche avec moi, dit Dmitri, en prenant ma main, me conduisant en bas et par la porte arrière.

Il y a un jardin luxuriant en pleine floraison avec des lumières qui éclairent le chemin et s'enroulent autour du toit et des pieds de la pergola.

C'est assez beau.

Le coucher de soleil a eu lieu il y a un certain temps, mais il est difficile de voir les étoiles avec toute la pollution lumineuse de la ville.

— Comment vas-tu ? demande Dmitri.

Il me conduit vers un banc en bois, et nous nous asseyons.

— J'ai mal, mais sinon, je vais bien. Tu es sûr qu'on est à l'abri de la mafia ?

— Je te promets qu'Antonio et ses hommes ne te toucheront pas. Tu n'as pas à t'inquiéter, Malishka.

— Merci.

Je pousse un soupir de soulagement. Antonio est toujours là, mais avec la protection de Dmitri et de ses frères, j'ai confiance que ma fille et moi serons en sécurité.

— Je m'inquiétais pour toi à l'hôpital.

Ses doigts repoussent une mèche de cheveux, la plaçant derrière mon oreille.

— Je suis contente que tu aies pu me trouver avant que ce ne soit pire.

Je grimace devant les souvenirs qui m'envahissent. Je n'aurais pas dû courir imprudemment dans la forêt. J'aurais pu me perdre pendant des jours, mourir de faim, ou il aurait pu être deux minutes de plus, et j'aurais été mutilée à mort.

La main de Dmitri est sur mon dos dans des mouvements doux et apaisants, et je pose ma tête sur son épaule.

— Le fait de presque te perdre m'a fait réaliser que je ne veux pas vivre sans toi dans ma vie.

Je pose ma main sur sa cuisse.

— J'ai failli te perdre avant même de savoir qui tu étais, murmuré-je, en repensant au jour où je l'ai trouvé abattu sur le sol de la forêt.

— Je t'aime, murmure Dmitri.

J'incline ma tête vers lui, me déplaçant légèrement tandis que je frôle ses lèvres contre les miennes, en y allant doucement et lentement. Ses baisers sont toujours passionnés, et je ne peux pas me laisser aller au besoin et au désir pendant ma guérison.

— Je déteste... prendre les choses lentement.

Dmitri glousse, les larmes remplissant ses yeux de rire.

— Quoi ? demandé-je, ne comprenant pas pourquoi il rit si fort.

— Je pensais que tu allais dire que tu me détestes.

Je fronce les sourcils, confus.

— Pourquoi je dirais ça ?

C'est la pensée la plus éloignée de mon esprit et elle est fausse.

Je ne suis pas heureuse qu'il m'ait menti sur son employeur, mais je ne l'aurais jamais laissé s'approcher de ma fille ou de moi-même. Et je travaillerais pour la famille Moretti, et ayant découvert le secret d'Antonio, ma fille et moi serions probablement mortes.

— Je ne sais pas, dit Dmitri en riant.

— Eh bien, ce n'est pas facile pour moi de le dire, mais je t'aime bien.

— Tu m'aimes bien ? demande-t-il en levant un sourcil inquisiteur. C'est l'étape avant l'amour.

— Ça pourrait l'être, dis-je avec un sourire.

Je me mordille la lèvre inférieure.

— Je n'ai jamais été amoureuse, pas du genre auquel tu fais référence. Évidemment, j'aime ma fille, mais c'est différent.

— C'est compréhensible. Et l'homme qui t'a donné Allie ? demande Dmitri.

— Ce n'est pas vraiment un homme. Dès qu'il a su que j'étais enceinte, il est parti.

Dmitri grogne.

— Lâche.

— J'ai appris au fil des ans à ne compter sur personne. C'est probablement l'une des raisons pour lesquelles je n'avais jamais eu de rendez-vous avant toi.

— Treize ans ? Ça veut dire que tu es célibataire depuis si longtemps ?

Je presse mes lèvres l'une contre l'autre, et l'air semble chaud à l'extérieur. Est-ce que je rougis ? Au moins, l'obscurité cache la couleur de mes joues. Je jette un coup d'œil à mes genoux, évitant son regard brûlant.

— Tu n'as pas à répondre à cette question, dit Dmitri. Ce ne sont pas mes affaires.

Je suis soulagée, et même si je suis prête à lui dire tout ce qu'il veut savoir, c'est aussi embarrassant.

— Tu es le seul homme avec qui j'ai eu une fausse relation et un vrai orgasme.

Sa mâchoire tombe, et il rit.

— Je ne sais même pas... Tu es en train de me dire que tu as normalement de faux orgasmes avec tes vraies relations ?

Je souris et j'acquiesce faiblement.

— Ce n'est pas bon, grogne-t-il.

Il se penche plus près, ses lèvres écrasant les miennes.

Je gémis, non pas de douleur mais de besoin.

Il se retire.

— Je t'ai fait mal ?

— Mon Dieu, non.

Mes entrailles palpitent de besoin. Il a l'étrange capacité de me rendre faible.

— Mais nous devons y aller doucement.

Il me soulève dans ses bras, me portant vers la maison.

— Dmitri, pose-moi !

Je hurle de rire, grimaçant à cause de la douleur de mes rires.

Il s'exécute.

— Je pose seulement tes pieds par terre, pour que tu ne te blesses pas davantage.

Son insistance est mignonne, et j'ai envie de l'embrasser jusqu'à ce que le soleil se lève et que nos corps s'entremêlent pour ne faire qu'un.

Peut-être qu'y aller doucement n'est pas la pire chose au monde. Nous pouvons vraiment savourer chaque moment alors que nous grandissons ensemble dans une famille.

Et je pense que je suis en train de tomber follement amoureuse de lui.

Peut-être suis-je simplement trop effrayée pour l'admettre à haute voix ?

ÉPILOGUE

DMITRI

— Tu es prête ? demandé-je en frappant à la porte de la salle de bains, pour laisser à Sadie son intimité pendant qu'elle s'habille pour le mariage de Luka.

Il y a quelques semaines, j'ai pris Nikita à part après avoir rendu visite à Anton à Breckenridge.

Nikita m'a tout avoué. Il s'est senti terriblement coupable de m'avoir tiré dessus et a cru pendant des semaines que j'étais mort. Ça lui avait donné des cauchemars dont seule Lucy avait eu connaissance.

J'ai compris ce qu'il a fait, il voulait gagner du temps pour qu'Anton et Savannah s'échappent. Il n'avait pas l'intention de trahir la famille, tout comme Anton ne l'avait pas fait avec Savannah.

Et même si ça fait mal qu'il ne m'ait pas fait confiance et qu'il les ait choisis, tout ça m'a conduit à rencontrer Sadie.

L'univers avait un plan fou pour mon bonheur, et je l'accepterais même si j'étais encore amer d'avoir été abattu et laissé pour mort.

Mikhail n'a pas été informé des allées et venues d'Anton et Savannah. Nikita et moi avons convenu que ce serait plus sûr pour toutes les parties concernées. Et Mikhail avait dépassé les bornes, décidant qu'il avait agi trop vite sans avoir assez d'informations.

Je n'avais pas bien compris la situation à ce moment-là. J'avais reçu des ordres de Mikhail et je les avais suivis.

Personne n'aurait osé dire au Pakhan qu'il avait merdé. C'est lui qui commandait, et le poids de ce qu'il avait fait pèserait sur ses épaules et celles de ses hommes, persuadés qu'il avait fait ce qui était nécessaire pour protéger la famille.

Nikita avait fait ce qu'il pensait être nécessaire aussi.

La porte de la salle de bain s'ouvre enfin, et Sadie en sort dans une robe d'un violet profond. Elle arrive au genou avec une jupe qui s'évase. Ses cheveux sont bouclés et épinglés sur les côtés. Elle est magnifique, et elle est toute à moi.

— Devrions-nous voir si Allie est prête ? demande-t-elle.

— La petite a fini depuis 20 minutes.

— Je ne suis pas une petite ! s'exclame Allie depuis notre chambre.

Elle est assise sur le bord du matelas, attendant aussi patiemment qu'une fille de treize ans peut le faire, sachant qu'elle a très envie de descendre pour le gâteau.

Elle a demandé quatre fois quand l'heureux couple allait couper le gâteau et qu'elle pourrait en avoir une part.

— Tu as raison. Je suis désolé, dis-je à Allie, en m'excusant de l'avoir traitée d'enfant.

Elle est la fille de Sadie, mais ce n'est pas une enfant.

— J'aurais dû dire que la jeune femme a terminé depuis vingt minutes.

Allie sourit fièrement et descend du matelas, testant ses nouveaux talons noirs. Ils ne sont pas trop hauts et plates-formes, mais elle est encore instable.

Je lui offre mon bras, et elle le prend volontiers.

— Merci, Pa-Dmitri, dit-elle.

Je lui jette un coup d'œil, curieux de ce faux pas. Allait-elle m'appeler papa ? Ma poitrine se gonfle, mais je ne veux pas insister. Cela ne fait que quelques semaines que Sadie et Allie vivent avec moi.

Un pas après l'autre.

Sadie sort de la salle de bain et s'appuie contre le mur tout en glissant sur ses talons.

— Je suis prête.

Je lui fais signe de sortir de la chambre en premier tandis que j'aide Allie à franchir les escaliers. C'est la première fois qu'elle porte des talons.

Allie se penche dans mon oreille une fois que sa mère a fait plusieurs pas devant nous.

— Les mariages sont super romantiques, chuchote-t-elle. Tu vas poser la question ce soir ?

Je souris, reconnaissant que l'enfant, ou plutôt la jeune femme, me soutienne et veuille que je devienne un membre permanent de leur famille.

— Je ne veux pas empiéter sur le jour spécial de Luka et Hannah.

Allie hoche la tête pensivement.

— Bon point. Quand tu le feras, tu auras ma permission.

— Merci, petite.

— C'est jeune fille, me répond-elle avec un sourire en coin.

———

Merci d'avoir lu Boss Dangereux. J'espère que vous avez aimé Sadie et Dmitri.

Vous voulez plus de romance torride ? Lisez l'histoire de Clare et Levi dans Milliardaire Grincheux.

Un milliardaire grincheux cherche désespérément une nounou pour sa fille de cinq ans. Attendez-vous à travailler tard le soir, à ne pas avoir de vie sociale, à pleurer beaucoup et à ne pas boire d'alcool, à ne pas prendre de drogues, à ne pas faire la fête et à ne pas vous amuser.

C'est l'annonce qui a été publiée ce matin. Mon assistante, fatiguée de mes manigances, a décidé de me faire goûter à ma propre médecine.

Je suis le PDG des entreprises Luxenberg. Je dirige la plus grande chaîne d'hôtels des États-Unis, et nous avons l'intention d'étendre nos activités au monde entier.

Rien ne s'opposera à mon succès, sauf le fait que je viens d'apprendre que je suis père.

Je ne suis pas prêt pour un enfant.

Mais ça n'a pas d'importance car la mère d'Amelia vient de mourir. Il s'avère que je suis le père biologique de l'enfant, et elle n'a personne d'autre. C'est moi ou la famille d'accueil.

Et il n'y a pas moyen que je l'envoie vivre avec des inconnus. Non pas que je sache quoi que ce soit sur

Amelia. Je ne savais même pas qu'elle existait jusqu'à la semaine dernière.

Je suis débordé avec la petite, mais je refuse d'engager une nounou qui répond à l'avis de recherche d'un milliardaire. Toutes ces femmes font la queue pour un mari.

Heureusement pour moi, mon avion privé a eu un problème mécanique et le pilote a la gastro. Je déteste les vols commerciaux, mais je dois rentrer de Chicago, alors je réserve la première classe. La fille pompette assise à côté de moi me parle dans l'oreille de son mariage sans amour, de son ex narcissique, et de la façon dont elle se bat pour trouver un emploi et un nouvel endroit où vivre depuis qu'elle a quitté son mari.

Jackpot.

Elle n'a aucune idée de qui je suis ou de ma valeur nette. Je crois que je viens de trouver ma nouvelle nounou. Et je suis en train de tomber amoureux d'elle.